婚約破棄ですか。別に構いませんよ2

シオン・コンフォ
辺境地にいる皇国軍大隊長。
伯爵家当主でもある。
見た目で怖がられるが、
実は愛情深く優しい。
セリアの告白に戸惑っていたが……
セリア・コンフォート
辺境を守る皇女で超努力家。
皇族で一番の魔力の持ち主。
気が強く、ちょっと毒舌気味。
シオンに対する
自分の気持ちが恋心と知り、
一直線に追い求める。

セイラ
膨大な魔力を持つ
セリアの母親で
【黒煙の魔女】。
別世界から来た
『落ち人』でもある。
シロ・マロ
セイラ管轄の
ダンジョン内で
保護している
狼獣人の双子。
リーファ
セリアの親友でしっかり者。
実は可愛モノ好き。
セリアの前では
砕けた話し方になる。
登場人物紹介

プロローグ　婚約破棄のその後

久し振りの里帰りですわ。プライベートではなく仕事ですけどね。

古今東西、王族、皇族に籍を置く者が暇を持て余すことなどありません。

現に、私も毎日駆けずり回っています。

学園の理事長としての学園内の後始末に、コニック領主の仕事や魔物の討伐。なので、学園に来ていても授業に出られない日々が続いてます。大好きな魔法具の製作もできなくて、ストレスが溜まる一方ですわ。親友のリーファとのお茶の時間も取れませんし、新作ケーキも食べられていません。あ～発散したい。

元々コニック領は、我がコンフォート皇国の領地ではなく、グリフィード王国の領地でした。けれど、グリフィード王国の第二王子が自分を過大評価しすぎて、あろうことか同盟国であるコンフォート皇国皇女である私とセフィーロ王国の公爵令嬢であるリーファを、第一王子の暗殺犯に仕立てあげようとしたのです。馬鹿の極みですね。

結果、同盟は凍結。

戦争を起こさない代わりに賠償として、コニック領を貰い受けました。多額の賠償金付きです。

これだけで終わらせてあげた私たちは、とても良心的ですよね。

そしてなぜか、私が領主を任されました。正確に言うと人手がないという理由で押し付けられましたの、お父様に。小国なので仕方はありませんが、内心は複雑ですね。

コニック領主が学園の理事長を兼任するらしく、おまけにその座も付いてきました。できれば即座に返却したかったのですが、残念ながらできませんでした。私はまだ学生で成人前なのに……

幸いにも私にはとても優秀な執事に従者、侍女がいますから、慣れないことに四苦八苦しながらコニック領主の仕事はなんとかこなせていますし、魔物討伐はストレス解消にもってこいなので苦にはなりませんわ。

一番頭を悩ませるのが学園内の運営と後始末。後始末の方もようやく片が付きましたので、今日は皇帝であるお父様にその報告に参りましたの。

「陛下。これが、学院とエレノアの件についての報告書ですわ」

あら、今日はリムお兄様も宰相様もいらっしゃらないのね。残念ですわ。

一応、報告に来る前にある程度の経緯は手紙で報告していましたが、それでは詳細などは伝わりません。なので、後々役に立つための資料として【モドキ】の報告書を作成しました。【モドキ】の資料は残されていませんから。

「……それにしても、【モドキ】とはな」

わざとらしい。頭のどこかで、その可能性があると考えていたでしょう。

「私も初めて知りましたわ。魂だけ界を渡り現地人に憑依《ひょうい》する。そんな存在がいるとは思いませんでしたわ」

「俺も実際にその目で見たことはないがな」

「稀《まれ》な存在だと、【落ち人】であるお母様から聞きましたわ」

「そもそも、【落ち人】自体が少ないんだ。当然だろう」

「確かにそうですわね」

「それで、エレノア嬢は目を覚ましたのか？」

「いいえ。残念ながら、まだ……身柄はお母様が保護していますので、心配いりませんわ」

この世界最強の魔道師が保護してますもの、なにがあっても大丈夫ですわ。

「……そうだな」

お父様にしては歯切れが悪いですわね。お母様が心配ですか。

その気持ちわかりますわ。とても痛い人ですが、【モドキ】は故郷を思い出させる存在ですもの。

お母様を溺愛しているお父様にとっては複雑ですわね。

「そうそう。一つ、お父様にお伺いしたいことがあったのですが、訊《き》いてもよろしいですか？」

ここからはプライベートなので、呼び方を変えますわ。

「なんだ？」

「エレノア様はお父様のお子ですか？」

そう尋ねた瞬間、盛大に顔を歪《ゆが》められました。人様に見せられる顔ではありませんね。文官なら腰を抜かしてしまうほどですわ。当然、機嫌も急降下。

「あぁ？　そんなわけあるか」

「違うのですね？」

「違うに決まってるだろーが」

言葉遣いも雑になっていますね。

そもそも初めから疑ってはいません。娘である私が引くぐらいお母様を溺愛していますから。

「念のための確認ですわ」

「ならいい」

少し機嫌が回復しましたね。

「でもある意味、よかったのではありませんか？　お母様と二人でゆっくりと時間を過ごされたと聞きました」

「まぁな」

三日間、執務を休まれたのでしょ。少しお母様がおやつれになるまで話されたかと。

あのお父様が照れています。凝視してしまう私を、お父様は軽く睨《にら》み付けてきました。

わかりましたわ。この話はここまでにしておきましょう。

「……ところで、お父様。今回の件で疑問に感じたことがあるのですが」

「なんだ？」

「【モドキ】が話していた乙女ゲームという玩具の物語ですが……あまりにも、こちら側の情報に精通していると思いませんか？」

私の名前ももちろんですが、婚約破棄も【モドキ】は知っていました。私の婚約者候補である、セフィーロ王国第三王子ユリウス殿下とリーファの双子の弟レイファ様のことも。

なによりもお母様の二つ名、【黒炎の魔女】を知っていました。

なぜか私が家族にも婚約者にも嫌われて、婚約破棄された挙句、コンフォ伯爵家に追放される悪役令嬢と罵《ののし》られましたが。

「……確かにな。あくまで想像だが、逆もありえないか？」

お父様は神妙な表情をしながら答えます。

「逆？　つまり、この世界の人間があちらの世界に落ちたということですね」

「ああ。そうとしか考えられないだろ。確かめる術はないがな」

そうですね、それしか考えられませんね。お父様の考えに賛成ですわ。

それに、お母様がなにも言わないところを見ると、まず間違いないでしょう。

「私たちに近い立場にいた人間になりますわね。魔力量が多くて、かつ過去、現在、未来を視《み》ることができると言われている【時魔法】の使い手。自ずと導き出せますね」

「それ以上言うな」

お父様も同じ人物を思い浮かべていますね。妙に疲れた表情をしていらっしゃるもの。

まぁ、生きているとわかっただけでも御の字です。ですが人騒がせにもほどがありますわ。もし戻ってきたら、お母様にきつく叱ってもらわないといけませんね。それもきっちりと、徹底的に。

そんなことを考えていると、自然と笑みが浮かびますわ。

見れば、お父様も笑っています。私と同様の黒い笑みですね。

後から聞いた話ですが、実はこの時、執務室の扉の外に宰相様とお兄様、それに文官がいたらしく、執務室に入らずにそのまま散開したそうです。近衛騎士もノックするのをためらったそうです。

そんな私がお父様の子でないなんて考えられませんわ。十人中十人が否定しますね。

ひとしきり笑った後、お父様はもう一つの案件について切り出しました。

「それで、例の件は進展しているのか？」

やっぱりきましたわね。

「その件なら、来年まで猶予がありますわ。心配なさらないでくださいませ」

なので、これ以上は訊《き》かないでくださいねとそう続けて言いたかったのですが、言ったら言ったで面倒くさいことになりそうなのでやめました。絶対、いろいろ裏で画策されそうです。

例えば、婚約者候補を全員集めてのパーティーとか……

ほかの淑女の皆様は好んで出席しているようですが、パーティーなんて好き好んで出席するものではありませんわ。

コルセットを内蔵が口から出そうになるまで締めあげ、高いハイヒールを履いて長時間立っているなんて、私から言えば猛者ですわ、猛者。耐えられません。それなら、魔の森で三日風呂なしでいる方が断然マシです。

「まぁ、来年まで猶予があるから好きにしろ。それまでに決まらなかった時は、わかっているな」

「念を押さなくてもわかっておりますわ」

その時は、お父様が決めた方と婚約しますわ。

「忘れているようだが、あの二人も一応候補だからな」

あの二人というのはアーク隊長とルーク隊長ですね。どちらも、コンフォ伯爵家の方です。そして、私とは家族のような間柄。気心が知れているので特に問題はありませんが……

「その件ですが、お母様とスミスが猛反対していますの」

スミスは私の筆頭執事の名前です。スミスが暗部から退く時に私が名付けました。

「どうしてだ？」

お母様という単語にピクリと眉が動いていますわ、お父様。

「それは……」

まったくそうは思ってはいませんが、私の口からはちょっと言いにくいですね。お母様とスミスの目には、あの二人が危ない人に映っているようです。少し乱暴で、少しスキンシップが激しいだけですのに。

「決まってるでしょ。セリアが不幸になるからよ」

口を濁していると答えたのはお母様でした。

いきなり現れるの、本当にやめてもらえませんか。

「お母様、また隠れて話を聞いていましたね」

そうでなければ、こんなにタイミングよく登場はできませんわ。

「別にそんなこと、どうでもいいじゃない」

いつもと同じようにお母様はあっけらかんと答えました。

だけど、そういうわけにはいきません。

「よくありませんよ、お母様。ここは執務室ですよ。お母様だから聞き耳をたてられたのでしょうけど、ほかの者であれば大変なことになりますわ。今一度、皇宮の警備と結界、魔法具の点検をしませんと」

仕事を増やしてくれましたね、お母様。

「セリア、怖～い」

その歳で単語を伸ばすのは不愉快なのでやめてください。それにかなり痛くはありませんか。

「セリア、後で訓練所ね」

目が笑っていませんわ、お母様。間違ったことは言っていませんが、完全に地雷を踏みました。

「その前に、お母様にも手伝ってもらいますわ」

「え～」

かわい子ぶっても駄目です。

「え～じゃないです。それに、語尾伸ばさないでくださいませ。【モドキ】を思い出しますから」

「今日のセリア、機嫌わ・る・い」

今度は語尾を上げてきましたか。ウザさが倍増ですわ。

「それで、セリアが不幸になるとはどういう意味だ？」

戻してきましたわね、お父様。できればそのまま忘れていてほしかったですわ。

「だってあそこの兄妹、全員病んでるからね。監禁コースまっしぐらよ。まず間違いなく、結婚したら、魔力封じの魔法具を知らないうちに付けられて、軽く体調を崩すような毒を盛られて監禁されるわ」

「いや、そこまではさすがにしないだろ」

お父様はお母様の言い分に苦笑します。そこまでって、完全には否定しないんですね。

「するわ。絶対するに決まってる!!」

「そこまで危なくはないだろ」

これって擁護してませんよね。

「いい。もしセリアをあの兄弟に嫁がせようとしたら、今度こそ貴方と離婚する。そして、二度と貴方の前に現れないわ」

「なっ!!　ちょっと待て!!」

お母様の離婚宣言に焦ったのはお父様。

「なにを待つの？」

お母様、声が低いです。心なしか、室内の温度が下がった気がします。圧がすごいですわ。脅しにかかってますね。

「グッ。選ぶか選ばないかは別として、今ここで二人を外すわけにはいかない」

政治的な面からみて当然ですわね。

「外さないの？」

さらに、お母様の声が低くなります。圧も同じように増していますわ。

「できない」

普通の方ならとうに屈してますわね。

「そう……なら、仕方ないわね」

お母様はにんまりと笑います。嫌な予感が胸をよぎりました。

「お母様。もし、隊長たちになにかしようとお考えでしたら、私が許しませんわ。隊長たちは私にとって家族です。その大切な家族に手を出すなら、この私が立ち塞がりますわ」

「……本当の家族を敵にまわしても？」

お母様の声が少し震えているように感じたのは私だけでしょうか。

「ええ。お母様が、私の身を案じて言ってくれてることは心から嬉しいですわ。……仮に、隊長たちがお母様が言う危ない性格だとしても関係ありません。だって、私の人生の半分は彼らと一緒だったのですよ」

お母様ではなく。

「セリア、そこまでにしなさい」

お父様の厳しい声にハッとします。

「……わかったわ。好きにしなさい」

お母様は俯《うつむ》いたまま、消えるような小さな声で言い放つと、執務室から姿を消しました。

第一章　新しい婚約者候補は

先ほどは少し言いすぎました。後悔しています。

でも、今回はお母様が全面的に悪いですわ。本気でアーク隊長とルーク隊長を排除しようと考えたから、私は冷静さが欠いてしまった。

お母様が私たち兄妹をこの手で育てたかったことも、家族を神聖視していたことも知っている。もう少し、お母様の気持ちに配慮した言い方をすればよかった。

回廊を歩く足も重く感じます。そんな時、知った声が私を呼び止めました。

「おっ、セリアじゃないか。なに、辛気臭い顔をして、どうした？」

隣の薬草園からです。そこには見知った大柄の男性が手を上げ立っていました。

「シオン大隊長～」

思わず抱き付いてしまいましたわ。淑女の頂点である私が、取るべき態度ではありません。

ですが、今回だけは許してください。

「どうした？」

よしよしと頭を撫《な》でてくれます。小さい頃からそうでした。

私が傷付いたり、困っていたりすると、いつもどこからともなくやって来て慰めてくれました。

癖なのか、頭を撫《な》でるこの温かい大きな手が、今も大好きです。

「大隊長こそどうしたのですか？」

腰に抱き付いたまま尋ねます。

「例の学校の件でな」

「学校の件？　もしかして、養成場のことですか？」

学園が手に入ったので、途中で頓挫した件ですね。

「グリフィードの第二王子のおかげで、学園をコンフォート直轄にできただろ。実際、進学するとしても、学園のレベルはかなり高いしな。今の学院のやつらに合格は正直難しいだろ。座学は学院でなんとか底上げできるとしても、実技はどうしようもないしな。だから、受験生のために以前考えていたハンター養成所を、入学前の学校として創ったらどうかと思ってな」

学園と学院でレベルは雲泥の差。確かに、今の学院に通っている人たちが学園の入学試験を受けても、まず合格しないでしょうね。

「それだけじゃもったいないですわ。ついでにハンターを育成しませんか？　学園の生徒の大半はハンター資格を持っていますもの」

「おっ、それはいいな」

大隊長は乗り気です。なんだか楽しくなってきましたわ。

「領地が広がりましたから。特に、魔の森に接している場所が。なので、ハンターの養成は必須ですわ。力が余った若者を鍛えてハンターにすればいいのです。就業率もグンッと上がりますわ。徴収する税も多くなりますわね。進学するお金も同時に稼げますし、学園のレベルが下がることもない。一石三鳥ですわ」

楽しくなって笑う私を、大隊長は優しい目で見下ろして微笑みます。

ドクン――

激しく波打つ鼓動。

小さな頃から見てきた表情なのに、なぜか顔が熱くなってきました。抱き付いていた手を離します。戸惑う私に、大隊長は気付きません。そのことにホッと胸を撫《な》で下ろします。

「やっぱり、セリアに相談するのが一番だな」

ニカッと笑う大隊長。

大隊長は実の親よりも私をよく知っています。なので、私の扱いにも長《た》けています。今回も簡単に気持ちを浮上させてくれました。

だからかな、他人には言いにくいことも言える。それがプライベートでも。

「……大隊長。私、お母様に酷《ひど》いことを言ってしまいました」

「どうして、そんなことを言ったのか訊《き》いてもいいか？」

内容が内容だけに、躊躇《ちゅうちょ》しましたが話すことにしました。それに大隊長なら、隊長たちについて私より深く知っていますもの。

「アーク隊長とルーク隊長を婚約者候補から外すように、お母様がお父様に進言したからですわ。それをお父様が反対して。なら、潰そうとお母様が……」

「アークとルークがなにか粗相でもしたのか？」

隣で大隊長が考え込みます。

「いえ、アーク隊長もルーク隊長もなにもしておりません」

そこは、きちんと否定しとかないといけませんわ。

「なら、どうしてだ？」

「……とても言いにくいことなんですが、結婚したら私が監禁されてしまうと。弱い毒を盛られて、家から出られなくするかもしれないから、絶対反対だと。そんなことないですよね!! ほんと、お母様もスミスもなにを心配しているのか。お父様もきっぱり否定しなかったんですよ。酷《ひど》いと思いませんか!? ……大隊長？」

逞《たくま》しい体躯《たいく》の大隊長がピクリとも動きません。

「大隊長!! なに、硬直しているのですか？ 突拍子もないことを言われて思考が停止したのですね。そうでしょう、そうでしょう。ほんと、皆過保護すぎるのです」

「いえ、そういう理由で硬直しているのではありませんよ、セリア様。事実を明かされて硬直しているのです」

音もなく現れたスミスが代わりに答えてくれました。

「本当ですか？ 大隊長」

「すまない、セリア。不甲斐ない父親で」

肩を落とす大隊長に、スミスが容赦なく爆弾を投下しました。

「だから、言ったではありませんか。アーク隊長とルーク隊長はかなり変わった嗜好《しこう》の持ち主だと。ちなみにユナ隊長も変わっていますから、くれぐれもご注意を。よろしいですね、セリア様」

「……大隊長。一つお聞きしてもよろしいですか？」

アーク隊長とルーク隊長、そしてユナ隊長が変わった嗜好《しこう》の持ち主だということは理解できましたわ。同性のユナ隊長もとスミスから告げられて、少し、いえ、かなり引きましたが。

でも、それも一つの個性と思えばいいのです。とはいえ、確認すべきことがあります。

「なんだ？」

可哀想に思えるほどの精神的ダメージを受けていらっしゃいますね。なんせ、子供が全員そうらしいですから。

でも、それを加味しても優秀すぎる方たちなので、そんなに落ち込む必要はありませんわ。ファイトですわ、大隊長。そんなことを思いつつ気になっていることを尋ねます。

「現時点で、誰かを監禁してはいませんか？」

同意があっても監禁は犯罪ですからね。

ましてや、婚姻前となると醜聞では済みませんわ。していないと思いますが。

「いや、それはない。絶対にない」

間髪入れずに大隊長は否定します。

「その根拠は？」

「そもそも、同じ屋敷で住んでるしな。そんなことをしようならすぐにわかる。当然外でもな。それにそもそも、アイツらが監禁したいのは――」

「そこまでです。それよりも、皇帝陛下に拝謁されるのでは？」

スミスが大隊長の台詞《せりふ》を途中で遮りました。大隊長も口を閉ざします。

なぜ、スミスは止めたのでしょう、気になります。アーク隊長もルーク隊長も意中の方がいらっしゃるのかしら。家族同然とはいえプライベート、深く訊《き》くわけにはいきませんね。

「すみません、大隊長。私が呼び止めたせいで」

「いや、気にするな。余裕をもって来たからな。なんなら一緒に来るか？　もしかしたらセイラがいるかもしれないぞ」

「お母様を知っているのですか？」

「ああ」

お父様の親友ですもの、お母様を知っていてもおかしくはありませんよね。それに、今までのお母様の発言を思い返してみても、親しげな感じは出ていましたし。

だけど、喧嘩《けんか》してすぐに会うのは気まずいですわ。

「時間があくと、よけい言いがたくなるぞ」

大隊長の言う通りですね。それに大隊長とスミスが一緒ですもの、勇気が出ますわ。

「ご同行いたしますわ」

養成場に関してこれから先の、学園の運営にも大きく関わってきますからお父様の意見も聞きたいですし。

「…………アイツらのことだけど」

廊下を並んで向かっていると、隣を歩く大隊長がポツリと呟《つぶや》きます。

「私にとってアーク隊長もルーク隊長も、ユナ隊長も大事な家族ですわ。これくらいで切れてしまうようなな、やわな関係だとは思っていません。一応、念のために確かめはしましたが、多少、変わった嗜好《しこう》を持っていても構いません。言い換えれば、それだけ一途だということではありませんか。監禁されたり、毒を盛られたりするのは嫌ですが、もしされそうになったら、徹底的に抵抗するまでですわ。それに、私にはとても優秀な仲間がいるのをお忘れなく」

素直にそう答えれば、大隊長は「確かにそうだ」と言い、声を上げておかしそうに笑い出しました。特に珍しい表情ではありません。なのに、どうしてか、大隊長の屈託のない笑顔から目が離せなくなりました。

さっきの胸の鼓動といい、いったい私の中でなにが起きたのでしょうか。

「どうかしたか？」

ジッと見つめている視線に気付いたのでしょう。大隊長が心配そうに顔を覗《のぞ》き込んできます。

「べ、別になにもありませんわ」

少し焦りましたわ。

「そうか。慣れないことで頑張りすぎてるんだ。無理だけはするなよ」

そう言いながら、また、頭をポンポンと叩きます。

「子供扱いしないでくださいませ」

なぜか、反射的に払いのけてしまいましたわ。本当はとても嬉しかったのに……

「そうか、そうか。もう、子供じゃないよな」

大隊長は少し寂しそうに笑いながら手を下ろします。

傍から見れば、まるで仲良し親子のようなやり取りでしょう。だけど、私の胸の奥にはモヤっとしたものが残りました。

これは？

そんなやり取りをしているうちに、執務室に到着しました。

すぐに異変に気付きました。執務室全体に防音の魔法がかけられているのです。扉を護る近衛騎士に伺えば、

「ただいま、皇后様が皇帝陛下と面会中です」

「皇后様にお会いできますか？」

たとえ親子でも、許可なく入室することはできません。

「セリア皇女殿下が来られたら、そのまま通すよう承っております」

近衛騎士はそう告げると、軽くノックをしたあと、扉を開けました。

「えっ……!?」

目の前の光景に、思わず目が点になりました。ふいに背中を押され、扉は閉まります。この状況で顔色一つ変えないなんて、優秀ですね。防音の魔法がかけられてたのも理解できましたわ。

だってそこには、お父様の膝の上で、子供みたいに大泣きするお母様がいたのですから。驚かな

いはずありません。あの、傍若無人な性格のお母様が。ほんと、衝撃的な光景でしたわ。

お父様は私が入室したと気付いていましたが、お母様はまったく気付いていない様子です。お母様のことですもの、気付いていたら速攻逃げ出していますわ。

「セリアはセイラを嫌ってはないぞ。だから安心しろ」

お父様はお母様の頭を撫《な》でて慰めながら、チラリと私に視線を向けます。

はいはい、わかりましたわ。黙って見ていますわ。

「嘘よ、セリアは私を嫌ってるわ。だって、私よりあの変態伯爵たちを選んだんだもの」

変態伯爵って、口が悪い。選んだって、大隊長たちに重きをおいてるのは事実です。

「ヒック……私だって、仕方ないって思っているのよ。一緒にいたのは二年足らずだし、それも母親じゃなくて、魔法を教えるためだし。死なないために厳しくしたし。だから、抱き締めなんてしなかったわ」

代わりに、何度も殺されかけましたけど。実際、何度か心臓止まりましたから。

でも、あの修行のおかげで今の私がいるのです。とても感謝していますわ。

それにしても、これがお母様ですか。やけにお父様の前では素直というか、子供になっていますね。

「今からでも抱き締めればいいだろ。愛してるって言えばいいじゃないか。ストーカーじみたことをしなくても」

ストーカー……？

「そんなことできるわけないじゃない。セリアに嫌な顔されたら、立ち直れないわ」

「わかった、わかった。そろそろ泣きやめ。セリアが見てるぞ」

「セリアが……」

ピタッと泣きやみます。さっきまでの号泣が嘘のようですわね。

そろそろ発言してもよろしいですか？

「私がお母様を嫌うなどありませんわ。怒ることも引くこともありますが、嫌ったりはしません」

「……ほんとに？」

完全に幼児化していますわね。

「はい」

「絶対？」

「絶対ですわ」

「嫌わない？」

「嫌いませんわ」

「抱き締めていい？」

「構いませんよ。そもそも、許可を取る必要はありませんわ」

言い終わらないうちに抱き締められました。微かに震えているのが肌を通して伝わってきます。

意外に小柄なんですね、お母様。

私はお母様の背中に腕を回し、ギュッと抱き締め返しました。

「……お母様。酷《ひど》いことを言ってしまい、すみません」

「私もごめんなさい。ずっと羨ましかったの」

その言葉で気付きましたわ。

羨ましいとは言っても、寂しいとは決して言わないことを。

これだけ自分の胸の内を私たちに曝《さら》け出しても、全てを曝《さら》け出せない。これから先も。

そんなお母様に、私の方も目頭が熱くなってきます。

無理矢理背負わされた運命と孤独——

膨大な魔力と【落ち人】のスキル。

そのせいで、長い時を、変わらぬ姿で生き続けていかなくてはならない。

不老不死。

多くの権力者が今なお欲しがるものを、この人はその身で体現している。

お父様が生まれる遥か前から……

お母様にとって家族を持つことに、どれほどの勇気が必要だったのか。幸せであればあるほど、取り残される方は辛くなる。生あるものにはいずれ終わりはくるから。

それでも覚悟して、お母様は家族を持った。

「……お母様はとても強い人ですね。そして馬鹿ですわ。あえて辛い道を選ぶんですから」

言葉の代わりに、強く抱き締め返されました。私も答えるように強く抱き締め返します。

「馬鹿でも、大好きです。私を産んでくれてありがとうございます。貴女の娘で本当に良かったですわ」

「心からそう思います。

やっぱり返答はありませんでした。その代わり、さらに強く、強く抱き締められます。

だけど、お母様は泣き声を上げませんでした。

あれからお母様との関係は表面上、特に変わっていません。でも内面では、少しだけですが、寄り添えられるようになったと思います。時間はたっぷりあります。焦る必要はありませんわ。

☆　★　☆

いろいろありましたが、ようやく領主の仕事に戻れますわ。ほんと、お父様の無茶振りにも困ったものです。それも、無事解決できましたし、よしとしましょう。

あと残っている問題は一つ。

一番厄介で難解な問題が残ってますわ。一応、一年弱の猶予が設けられていますが……時間の長さで解決できる問題ではありません。

それにそもそも、私にはそういう心境の機微はわかりかねますし、誰か詳しい方はいらっしゃらないかしら。いれば、教授してほしいですわ。それとも、わからないと悩むよりも、利害関係を考えて選ぶ方が得策なのでは。

「手が止まっていますよ、セリア様。こちらが最後の書類になります」

いけませんわ、考えごとに没頭していました。

「ありがとう、クラン君。クラン君が来てまだ日が浅いですが、ここには慣れましたか？」

「はい。教わることがまだまだありますけど」

「それは良かったですわ。スミスはとても厳しいですが、教えるのは上手いですからね」

「そうですね……」

スミスの名前が出た途端、クラン君は少し顔を引きつらせました。

気持ちはわかりますわ。私も訓練を受けた一人です。

「クラン君」

「なんでしょう？」

「本当は、ここに来るの嫌だったでしょ。今も帰りたいと思っていますか？」

帰りたいと言われても帰す気はありません。でも、クラン君の気持ちは知りたいですね。ちょうどいい機会です、今、誰も周りにはいませんから。

「正直に言えば微妙なんです。確かに最初はここに来るのが嫌でした。できるなら、すぐにでもあの方の元に戻りたかった。でも今は、あの頃のような強い思いはありません。意外とこの職場、俺に合ってるんですよね」

「そう言ってもらえると、嬉しいですわ」

ますます手放せなくなりましたわ。

そうだわ、クラン君に訊《き》いてみましょう。だって、貴族より平民であるクラン君の方がこの手の話詳しいかもしれませんわ。自由恋愛が普通と聞きましたもの。

「クラン君。一つ教えてほしいことがあるのですが、よろしいですか？」

真剣な表情で切り出した私に、クラン君の顔から笑みが消えました。

「なんでしょう、セリア様」

「クラン君は恋愛をしたことがありますか？」

こっちは真面目に質問してるんですよ。なに、豆鉄砲をくらった鳩のような顔をするんです。

「……恋愛ですか？」

「ええ。平民の間では自由恋愛が主流だとか。ならば、クラン君も恋愛の一つや二つしていますでしょ。だから尋ねているのです。クラン君はどういった基準で恋人を決めるのですか？ ぜひ、教えてください」

圧が強かったのか、クラン君は一瞬逃げ腰になりましたが、逃しませんよ。

「基準ですか？ そもそも、恋愛に基準なんてありませんよ」

「基準がないんですか!?」

驚きですわ。基準がなければどうやって相手を選ぶのですか!?

「まぁ、理想はありますよ。好みというか、タイプというか。でもそれは漠然としたもので、明確な基準ではありません」

「では、どうやって相手を選ぶのですか？」

「感覚ですね」

「感覚ですか……例えば、視覚では捉えられないけど、魔物が近くに潜んでいると肌で感じるようなものですか？」

「いや、それとはまったく違います。断固として違います」

二度否定されましたわ。ますますわからなくなってきましたわ。

「例えばですよ。その人の側なら素直になれるとか、自分が欲しい言葉をくれるとか。落ち込んでいても元気になれるとか、いろいろあります。なので、そこに魔物は決して存在しません」

素直になれて、慰められる、かつ、欲しい言葉をくれる人ですか……

「それって、肉親に近いものがありますよね」

「言葉にするとそうですが、肉親と好意を抱いている人とは違う点がありますよ」

「違う点ですか……？　それはなんですの？」

「肉親が同じことをしても、ときめいたりしないでしょ」

「ときめく？」

恋愛小説などで出てくる言葉ですね。

親友であるリーファに勧められて勉強のために読んだのですが、まったくわかりませんでした。

「急に鼓動が激しくなるとか、胸が締め付けられるような感じがするとか。何気ない動作に照れてしまうとか……」

そう言葉にするクラン君の顔が、心なしか赤く染まっているような気がしますわ。もしかして、クラン君も好きな方がいるのかしら。

それはさておき、急に鼓動が激しくなるって……

不意に思い出したのは、先日の大隊長とのやり取りでした。あの時私は……

「例えばですよ、クラン君。今までなにも感じなかったのに、その人の笑い顔を見たら目を背けてしまったり、頭をポンポンと叩かれて本当は嬉しいのに払いのけてしまう行為は照れですか？」

「やけに具体的ですね。照れだと思いますよ」

誰にと訊《き》かないところが好きですわ、クラン君。貴方のおかげでなんとなくですが、わかりかけてきました。

「ありがとう、クラン君。貴方のおかげで光が見えてきましたわ‼」

「それは良かったです」

そう答えたクラン君は、やけに疲れた足取りで仕事に戻りました。

照れがなんなのか、クラン君のおかげで少しわかってきた気がします。

でも、あの時感じたそれが、本当に照れなのか確かめなければなりません。

さて、どうやって確かめましょうか。

そうですね……考えても、一向に答えが出てきませんわ。

もうこうなったら考えるのをやめます。直接触って確かめればいいだけ。そうすれば、はっきりしますわ。

「スミス。これから出かけます。後を任せましたよ」

いても立ってもいられませんわ。

「どちらに？」

「大隊長の所です」

「なにか用事でも？」

「ええ。確かめにいくだけですわ。クラン君が言った通りに、それが照れなのかを」

そう告げた途端、クランの肩がビクッと揺れました。

スミスの視線がクラン君を貫きます。

「クラン、どういうことですか？」

尋ねると同時に【威圧】を使うスミス。久し振りですね。

耐性がない者がいたら、その【威圧】に圧倒され失神してしまいますわ。ほんと、スミスは過保護すぎます、これくらいで、【威圧】を使うなんて。

いろいろ耐性がついてきたクラン君ですが、さすがに【威圧】までは耐えられませんでしたね。

だけど、失神しなかったことは褒めてあげますわ。

私はクラン君の腕を掴《つか》み、そのまま転移魔法を発動しました。行き先は、もちろん大隊長の所です。

「大丈夫ですか？　クラン君」

冷や汗をかいているクラン君に声をかけます。

少し間が空いた後、「……大丈夫です」と返答がありました。声が出せるなら大丈夫でしょう。

「ここはどこです？」

「大隊長が管理する砦《とりで》ですわ。大隊長はこの砦《とりで》で主に事務作業をしていますからね。では、行きましょうか？」

私の数歩後をクラン君がついてきます。

「相手は、コンフォ伯爵様だったんですね」

七十年前に起きた婚約破棄の悲劇、スタンピードによる大災害以後、コンフォート皇国の護り神である伯爵家は、特別に皇国の名前の一部を授かりコンフォ伯爵家と名乗っております。そして引き続き、剣聖の称号を持ちながら我が皇国の最前線を日々警護しています。

コニック領もですが、大半の魔物は魔の森から出現します。なので、魔の森に接している国は人ではなく魔物に対して、警護に重きを置いています。魔物の素材は高値で売れますからその分、実入りも大きいですけどね。特に魔石は、生活の一部になっている魔法具の原料です。

「ええ」

「かなり年が離れてませんか？」

「そうですね。お父様より五つ上ですから、私の二十六歳上ですね」

「父親でもおかしくない年じゃないですか」

呆《あき》れた声が返ってきました。確かにそうですわね。

「それがどうかしましたか？」

年なんて些細《ささい》なものです。お父様とお母様なんて一世紀以上離れていますわ。

「……まぁ、セリア様が幸せなら全然いいんですけどね」

ありがとうございます。やっぱり、クラン君はいい子ですね。

そんなことを話しているうちに、執務室前まできましたわ。ここにきて、緊張度がグンッと上がってきました。

「では、確かめてきますわ」

私は執務室の扉をノックしました。中から、聞きなれた声がします。

「失礼します。シオン大隊長」

扉を開けると、書類から目を離した大隊長と目が合いました。それだけで、顔が熱くなります。

「どうした？　セリア」

いつもと変わらない、屈託のない笑顔が出迎えてくれました。

幸いなことに邪魔する人はいません。

「確かめたいことがありまして参りました」

さっそく、用件を切り出します。

「確かめたいこと？」

「はい。大隊長、少しお時間をいただけませんか？　お願いいたします」

軽く頭を下げお願いすると、優しい大隊長は仕事の手を止めてくれました。

「ありがとうございます、大隊長。できれば立っていただけますか」

変なことをお願いしていると重々承知していますわ。

だけど、大隊長は嫌な顔をせずに立ってくれました。本当に優しい方です。

「どうした？　なにかあったか？」

私を気遣ってくれる気持ちがとても嬉しい。胸の奥がじんわりと温かくなりました。

誘われるままに、私は大隊長の胸に飛び込みます。背中に手を回しました。

大隊長は驚きながらも咎《とが》めることなく、されるがままです。お願いしてないのに、頭まで撫《な》でてくれました。

よりいっそう、顔が熱くなります。恥ずかしくて離れたくなる気持ちと、このままずっとこうしていたい気持ちが交差します。

不思議な気持ちでした。今まで感じたことがない気持ちです。

だけど、これだけは恋愛音痴の私にもわかります。

肉親には決して抱かぬものだと――はっきりとわかりましたわ。

「セリア？」

「やっぱり、これは照れですわ!!」

抱き付いたまま答えます。珍しく興奮していますわ。鼓動が激しくて苦しいです。恋愛小説にも書かれていましたわ。恋心を理解した途端、鼓動が激しくなると。

「照れ？」

「はい。照れは恋愛感情の一つだと教わりました。鼓動も激しくなっております。なので、私はシオン・コンフォ様をお慕いしております」

にっこりと微笑みながら答えました。これでも、一世一代の告白だったのですが、返事が一向に返ってきません。顔を上げれば、大隊長が完全にフリーズしていました。

その顔も凛々《りり》しくて可愛いですわ。そんな大隊長を、とても可愛く感じてしまうのは私だけでしょうか。でも、長くはありませんか？

「……大隊長？」

少し体を離し首を傾げます。精一杯背伸びしても、肩ぐらいまでしか届きません。かろうじて、顎を上げれば耳元ですね。

「大丈夫ですか？　シオン様」

今は仕事中ではないので、あえて名前で呼んでみましたわ。その方が喜ばれると恋愛小説に書いてありましたので。

すると、ものすごい反応が返ってきました。抱き締める手が緩かったのか、逃げられてしまいました。大隊長は顔を真っ赤にしながら窓際に張り付いています。

「な、なにを言ってる!?」

なにをって、伝わっていなかったのでしょうか？　それは少し悲しいです。

ならば、もう一度伝えるまでですわ。もちろん、具体的に。

「シオン・コンフォ様をお慕いしております。私と婚約していただけませんか？」

これで、はっきりと伝わるでしょう。

「ちょっと待て!!　いきなりどうした!?」

いかなる時も冷静さを失わないシオン様が、完全に取り乱しています。

そうですわね、混乱して当たり前ですわ。シオン様にしてみればいきなりだったでしょうから。

それに、娘のように可愛がっていた私からの告白ですからなおさらでしょう。

「先日、シオン様に慰められた時に違和感を感じました。その気持ちがなんなのかわからなかったのですが、クラン君のおかげで気付けたのです。この感情が照れなのだと。そして今日、本当にそうなのか確かめにきました」

「……極端すぎないか。それに、思春期特有の憧れを勘違いしているんじゃないか」

信じられないのはわかります。わかりますが、私の気持ちを疑われたようでとても悲しい。泣きそうですわ。

でも、ここまできて引けません。せめて誤解だけは解かないと。絶対に勘違いではありませんわ。

泣くのを我慢して言葉を紡ごうとした時でした。やけに廊下が騒がしくなります。

同時に、ノックもなしに扉が勢いよく開きました。

「セリア!!　やっぱり帰ってきてたのか!!　会いたかったぞ」

入ってきたのはアーク隊長でした。抱き付いて頬ずりされましたわ。相変わらずスキンシップが激しい方ですね。でも、シオン様の時に感じた照れは一切感じません。

やはり、シオン様は私にとって特別な存在なのですわ。それがあらためてわかって嬉しい。

「……セリア？」

耳元でするその声はとても固いものでした。

どうやら、思っていたことを口に出していたようです。

視線の先に、頭を抱え真っ青な顔をしたクラン君が立っていました。

気になりますが、今は大事な話の途中です。

「すみません、アーク隊長。離してもらえませんか」

戸惑うアーク隊長の腕からスルリと逃げ出し、シオン様の前に立ちます。

ちょっとビクッとするシオン様。

それが愛しく感じるのも、恋心からですよね。

「私の気持ちを否定したい気持ちは理解できます。混乱する気持ちも。ですが私は負けません、絶対に。覚悟してくださいませ、シオン様」

にっこりと微笑みながら宣言しましたわ。背後で、誰かが倒れる音がしました。

次はお父様ですわね。その前にアーク隊長がいらっしゃるので、きちんとお断りしないといけませんわね。そう思ったのですが、

「どうかしました？　アーク隊長。貧血ですか？」

「………嫌、大丈夫だ。それよりも、セリアは親父が好きなのか？」

頭を抱え俯《うつむ》いているので、表情が窺《うかが》えません。

ですが、その声はとても弱々しいものでした。確かに、妹のような存在の私が自分の父親に告白をしているのですもの、ショックは大きいですね。

だからこそ、真摯《しんし》な姿勢で臨まないといけませんわ。

「はい。心からお慕いしております」

嘘偽りのない気持ちをお伝えしましたわ。

その間も、シオン様は顔を真っ赤にしたり真っ青にしたりして忙しそうでしたが、それだけ私の告白が伝わったのだと思うと嬉しくて顔が緩みます。

あとはお父様ですね。

クラン君はいつの間にか来ていたルーク隊長とユナ隊長の殺気をもろに浴びて、疲れ切っているようです。そんな彼を引き連れやって来たのは、皇宮。

もう少し付き合ってくださいね、クラン君。廊下を歩きながら、心の中で謝ります。

できれば、宰相様もリムお兄様もいらっしゃったらいいのですけど。

だって、私の婚姻のことですもの。

「まだ返事を貰っていませんよね」

冷静な突っ込みをいれるクラン君です。

「また、声に出てましたか？」

気を付けないといけませんわね。

「出なくてもわかりますよ。それで、ほんとにお会いになるのですね」

とても沈んだ声ですわ。

「もちろんですわ。クラン君は反対なの？」

できればクラン君には賛成してほしいですわ。これからもいろいろご教授いただきたいのです。

「反対はしていませんよ。ただ、展開が早すぎてついていけないだけです」

話の内容が内容だからでしょうか、クラン君の声が低く小さくなります。周囲に聞かれないよう注意を払っているのでしょう。なので、私は自分とクラン君の周りに防音魔法をかけました。

これで普通に話せますわ。

「そうかしら？」

「確かめにきただけで、いきなりの逆プロポーズはありませんよ」

「逆プロポーズというより宣言ですわね」

「そっちの方が質《たち》が悪いですよ」

「そんなことありませんわ。嫌なら断ればよろしいのです」

「断られて、素直に引き下がりますか？」

「そんなの無理に決まってるでしょ。嫌だと言われて引き下がったりしませんわ。食らいついてでもシオン様を手にいれますわ」

クラン君がなんとも表現しがたい表情をしてますわ。

少し引いてます？　そんなにおかしなことを言いましたか？

「だから、質《たち》が悪いと言ったんですよ。逃がす気がまったくないじゃないですか」

「逃しませんよ」

「断言するんですね」

主の前で溜め息は駄目でしょう。

「セリア様、老婆心ながら忠告を。露骨な押せ押せは相手に強いプレッシャーを与えます。距離を置かれる可能性があるので注意してください。それとこれ以上、私の名前を口にしないようお願いします。くれぐれもお願いいたします。着きましたよ、セリア様。……セリア様？」

距離を置かれる？　それって、嫌われたと同じことですよね。

「嫌、嫌ですわ!!　どうしましょ!?　クラン君」

クラン君に詰め寄ります。

「落ち着いてください。今さらなにを言っても、過去を変えられません。後で考えましょう。今は皇帝陛下にどうお伝えするかに神経を割いてください」

確かにそうですわ。私としたことが、完全に取り乱してしまいましたわ。恥ずかしい。淑女としても皇女としても失格ですわ。もう一度勉強し直さなくてはいけませんね。

こんなことでは、未来の夫に迷惑をかけてしまいますわ。

私は軽く息を吸って気持ちを落ち着かせ、唖然としている近衛騎士に告げました。

「皇帝陛下に取り次ぎを」

「畏《かしこ》まりました」

四回ノックをしてから、近衛騎士は執務室に声をかけます。

「皇帝陛下。セリア皇女殿下がお目通りを希望しておりますが、どういたしましょう」

「構わん、通せ」

案内され執務室に入ろうとした時、クラン君に視線を送ります。すると、クラン君は軽く頷《うなず》いてくれましたわ。私も頷《うなず》き返しました。

執務室に入ると幸いなことに、宰相様とリムお兄様がいました。

ここから正念場です。レベルの高い魔物と対峙している時以上に緊張します。

「皆様にお話があります」

挨拶《あいさつ》もなしに用件を切り出します。

「どうした？　あらたまって」

私がいつもと違うと気付いたのでしょう。お父様が訝《いぶか》しげに訊《き》いてきます。

「皇帝陛下、私の婚姻についてお願いしたい儀があり、伺いました」

まさか、私の口から婚約の話が出るとは考えていなかったでしょう。

驚いた表情から、ニヤけた表情になったお父様が訊《き》いてきます。

「ほぉ～決めたか。もっとかかると思っていたな。で、誰に決めたんだ？」

ここからが勝負です。

「申し訳ありませんが、皇帝陛下が選んだ方たちではありません」

「ならいったい、誰だ？」

「皇帝陛下がよく知っている方ですわ。シオン・コンフォ様です。私はシオン様をお慕いしております」

言いましたわ。言ってやりましたわ。

「「「………はぁ～～～～!!」」」

少しの間の後、返ってきた反応は全員同じでした。そんなに驚くようなことでしょうか？

突然の奇声に驚愕《きょうがく》した近衛騎士が、慌てて扉を開け飛び込んできましたわ。

「大丈夫ですか⁉　陛下‼」

騒がせてしまいましたね。

「大丈夫ですわ。ちょっと驚かれただけですので、安心してください」

まだ固まったままのお父様たちに代わって答えます。

すると、近衛騎士は私たちを一瞥《いちべつ》し、軽く頭を下げ扉を閉めました。

「…………体調が悪いようだ。幻聴が聞こえる。悪いがしばらく休む」

頭を抱えるお父様。リムお兄様も同じように頭を抱えています。宰相様は違いますね。

お父様、そのまま逃げようとしてませんか、逃しませんよ。

「皇帝陛下。いえ、お父様、幻聴ではありませんわ。私はシオン・コンフォ様と婚姻を結びたいと考えております。どうか、認めてくださいませ。お願いいたします」

頭を下げ頼みます。シオン様と婚姻を結ぶためなら、どんな難題もこなしてみせますわ。

「俺が知らないうちに、そこまで進んでいたのか。前からおかしいと思っていたんだ……」

打ちひしがれたように力なく呟《つぶや》くお父様。

「進む？　なにがですか？」

仰《おっしゃ》る意味がよくわかりません。首を傾げる私にお父様がなおも訊《き》いてきます。

「いつからだ？　いつから付き合ってるんだ⁉」

怒鳴らなくてもいいのでは。感情の起伏が激しいですね。私の返答次第では、シオン様の所に乗り込んでいきそうな勢い。忙しいシオン様の手を煩わせるわけにはいきませんわ。

ここは私がなんとか落ち着かせないと。でも、嘘を言うわけにはいきません、言葉を選ばなければなりませんね。

「付き合うって、恋人関係になったのはいつかと訊《き》いてらっしゃるのですか？　それならば、まだ付き合ってはいませんわ」

「「…………はぁ～～～～」」

二度目の「はぁ～～」です。また綺麗にハモリましたね。

「付き合っていない……？」

なに、間抜けな顔をしてらっしゃるのですか、皆様。

「はい。まだ付き合ってはいませんわ。自分の気持ちに気付いたのも、つい先日ですし」

「……なら、婚姻は早すぎじゃないか？　なにもかもすっ飛ばしてるだろ？」

お父様の台詞《せりふ》に、リムお兄様も宰相様も大きく頷《うなず》きます。

そうですか？

「でも、プロポーズはしましたよ、私から。つい一時間ほど前に」

「「…………」」

あんぐりと口を開けたまま固まっていますわ。

「……やはり、血は争えませんね」

最初に復活したのは宰相様でした。

宰相様の台詞《せりふ》に顔を歪《ゆが》ませるお父様。自覚があるようです。

そうですわね、お父様もお母様と結婚するために何度も何度も通ったと聞きましたもの。

私もそうするつもりですわ。すぐに恋人同士になれるとはさすがに思いません。でも、必ずなってみせます。なってみせますわ。

お父様の横槍が入りました。

「駄目だ。年が離れすぎている。二十六歳差だぞ、二十六。俺より五歳上だぞ‼」

自分を棚にあげてなにを言っているのですか‼　年齢差での反対は受け付けませんわ。

「そういう自分は、一世紀以上離れてるじゃないですか‼」

「グッ。それとこれとは話が違う‼」

説得力ありませんわよ。

「どう違うのですか⁉　納得のいく説明をしてくださいませ‼」

説明できませんよね、お父様。

「……セリア皇女殿下。どうして、そんなに婚姻を急がれるのです？」

私とお父様のやり取りに答えが出ないと思ったのか、宰相様が訊《き》いてきます。

リムお兄様は完全に空気ですわね。

「決まってますわ。シオン様は素敵な方です。私以外にも婚姻を結びたい方が絶対いるはずです。取られるわけにはいきませんわ」

お父様は苦虫を噛み潰したような表情ですが、宰相様は苦笑してますわ。リムお兄様はとても落ち込んでますね。

三者三様の表情をしてますが、皆、私を心配しているのはわかりますわ。

「やっぱり、陛下の血を受け継いでますね。私は別に悪くない婚姻だと思いますが。息子が親になっただけのこと。シオン殿は独身ですし、問題がないのでは？　女性関係の悪い噂も聞きませんし。確かに二十六歳差で、離れてはいますが、貴族間では特に珍しくはありません」

「おい!?」

宰相様の台詞《せりふ》にお父様は焦っています。反対に私は心から宰相様に感謝しますわ。

「ありがとうございます。宰相様!!」

味方ゲットです。これで、外堀の一部を埋めることができましたわ。

必ず、貴方の隣に立ってみせます。時間がかかっても構いませんわ。

まずは子供ではなく、一人の女性として見てもらうことから始めましょう。

第二章　魔物討伐と違法薬物

魔物の大半が魔の森で生まれると前にも話しましたが、その魔物自体、大きく三種類に分けられます。

まず一つ目が、自分で移動できるタイプ。魔獣が有名ですね。意外に、見た目は樹ですが自由に動けるのでトレントもこの種類に入ります。

二つ目が、その場に固定されたタイプ。食虫植物が魔物化したみたいな感じですね。実際、植物に擬態しているパターンが多いです。大きさは全然違いますけど。

三つ目が、ほかの生物に寄生するタイプ。言葉通り、ほかの生物に寄生し宿り主の命を貪るやつもいれば、宿り主の身体を自由に使い狩りをし、仲間を増やすやつもいます。寄生種の種類によっては、宿り主が限定されるものもいます。数はこの三種類の中で一番少ないのですが、一番厄介な魔物と言えますね。

魔物にはそれぞれ活動時期があるのですが、寄生種の活動時期は冬の終わりから春にかけて。植物が芽吹く時期です。なので、夏の終わりに活動するなんてかなり珍しい。こういう魔物が亜種へと進化することがよくあります。なので、見付け次第討伐しなければいけません。

ゆえに、今ハンターたちは寄生種の討伐に奔走しているのです。もちろん、シオン様も。

あ～シオン様、やっぱり格好いいですわ。隙のない動き、靭《しな》やかな筋肉、鋭い眼光、精悍《せいかん》な横顔。事務作業をしているシオン様も格好いいですが、戦ってる姿が一番素敵ですわ。最高です。眼福ですわ。映像として永久に保存しないといけませんね。ちゃんと用意しています、この時のために、寝ずに魔法具の改良をいたしました。なので、より鮮明に録画できますわ。

「なにをしてるんだ？　セリア」

討伐を終えたシオン様が呆《あき》れた声で話しかけてきます。その声も渋くていいですわ。

「シオン様に会いにきました」

にっこりと微笑みながら答えます。

「仕事は？」

「午前の分は済ませてきましたわ。今は休憩時間です」

「なら、休憩しろ」

呆《あき》れ半分、困惑半分ってところですわね。

娘だと思っていた人間に愛の告白をされて外堀を埋められつつあるのですもの、困惑して当然ですわ。事実、何度も「子供にしか思えない」と断われ続けています。

それでも、突き放さない優しいところも好きですわ。

「ちゃんと休憩していますわ。シオン様と会うのが私の最大の癒やしなのです。お茶とお菓子も用意しています。どうですか？」

バスケットを見せる私に、周りのハンターや兵士がざわつきます。

「おいおい、ここで食べるのか」

「あっちこっちに肉片飛んでるよな。血溜まりもあるし」

「っていうか、大隊長、それ犯罪だろ」

「そもそも、ここ、たった一人で来れる場所じゃないだろ」

いろんな雑音が聞こえてきますが、当然無視です。

あ、また寄生種が……邪魔ですわ。せっかくのシオン様との逢瀬を邪魔しないでください。

「おい。呪文唱えずに倒したぞ」

「目線さえ向けていなかったな」

これぐらい、驚くようなことではありませんよ。

今回、新人を多く連れてきていますわね。新人の鍛錬にはもってこいですものね。でもなぜ、シオン様が……

「おっ、ありがとな」

シオン様にお礼を言われましたわ。

「いえいえ。これでも、副隊長を務めていた者として当然ですわ。シオン様、休憩しましょ」

私の正体に気付いたのか、いっそう、周囲がざわめきました。なぜか悲鳴も上がってます。

気にしてたら、一向に休憩できないので無視、雑音ですわ、雑音。魔物の鳴き声と同じ。

「じゃあ、頂こうか」

「「「食べるんかい!!」」」

外野の声は聞こえません。まったく聞こえません。

「はい‼」

シオン様とお茶です。皆さんのお菓子もちゃんと用意してますわ。

もちろん、半径一キロに探索魔法を展開してますから大丈夫ですよ。

「よく、俺の居場所がわかったな」

パイを頬張りながらシオン様が訊《き》いてきます。

「シオン様の魔力は記憶していますので、簡単に見付け出せますわ。なのでなにかあったら、すぐに駆け付けますから安心してくださいませ」

にっこりと微笑みながら答えます。

「……そうか」

シオン様の口元がピクピクしてますわ。

もしかして、引いているのですか⁉　またなにかおかしなことを言ってしまいましたか？　なにがいけなかったのでしょう。わかりませんわ。不安になります。

すると、不安を察したのか、シオン様がポンポンと私の頭を叩きました。これだけで浮上する自分に少し呆《あき》れてしまいますが、幸せなので自然と微笑んでしまいます。でも後で、クラン君に要相談ですわね。あれ？　遠くで、クラン君の悲鳴が聞こえたような……気のせいですわね。

「……やはり、特定の寄生種の討伐数が上がってますね。季節外れなのに」

スミスから報告書を貰い確認しました。思った通りですね。

昨日、シオン様とのお茶を楽しむために魔の森に潜った時に気になったので、少し調べてみたのですが、コニック領も多く報告されていました。それもここ最近です。

どれも同じ種でした。特定の種、それも多種ある寄生種の一種だけです。

不自然ですね。それに、この種の死骸にはある効能がありますの。わけあって公表されてはいませんが、知っている人は知っているはずです。

「なにか魔の森に異変が起きているのでしょうか？」

第一に考えるのはクラン君が指摘した通り、魔の森の異変ですね。しかし、寄生種の一種だけなのは少し無理があるでしょう。

それに、昨日森に潜った時は異変は特に感じませんでした。とはいえ、コニック領はまだなのでなんとも言えませんが。一度、確認するために潜る必要がありますね。明日早朝からいきますか。

「セリア、だったら、私も一緒に潜っていい？　気になるし」

魔法具の製作室でいつもと同じようにお茶を飲んでいたら、親友のリーファが同行の許可を求めてきました。隣国とはいえ、魔の森は地続きですからね。

「それは構いませんわ。ただ、装備は重装備でお願いしますね」

今回は少し深く潜る必要があるかもしれません。念には念を入れておいた方がよいでしょう。

「うん、わかった。ついでに私も調べとくよ」

他国とはいえ、情報の共有は必要ですわ。魔の森に関しては特に。

「お願いしますわ。……ところで、リーファ。ユリウス様とレイファ様の体調はどうなのですか？　まだ、学園を休んでいるようですが」

私がシオン様に決めたと報告した時の二人の様子があまりにもおかしかったので、ずっと気になっていました。

「それは気にしなくていいわ。アイツらが自分で消化しないといけないことだから」

「消化ですか？」

「二人とも、セリアのこと真剣に考えていたからね。真剣な分、切り替えるのに時間がかかるのよ。セリアが気にすることはないわ。セリアは二人にちゃんと向き合ったんだから。言いにくいことを自分の口で言ってくれたでしょ。だから、いいの」

二人が私に対して恋愛感情があったかはわかりませんが、ユリウス殿下とレイファ様が真剣に私との婚姻を考えてくれていたことは気付いていました。

なので、お父様から正式に返事がある前に、シオン様のことを直に私の口から告げたのです。私なりの礼儀でした。もちろん、リーファにも同席をお願いしましたわ。

その日以降、ユリウス殿下とレイファ様には会っていません。力なく「……そうか」と呟《つぶや》き、部屋に戻った後ろ姿が、あまりにも寂しげで気にはなっていました。

「それにしてもよ。まさかセリアが、二十六歳も離れたおじ様を選ぶなんて思いもしなかったわ」

「そんなに、二十六歳差って拘《こだわ》るものなのかしら？」

私はまったく気になりませんわ。というかたまたま好きになった相手が、二十六歳差だっただけのこと。

「普通は拘《こだわ》るわよ。だって、ほとんど娘じゃない。話題に困ったりしないの？」

「今のところはないですわ」

「いったい、なにを話してるの？」

突っ込んできますね。

「特に、学園のこととか、魔物討伐に関してが主ですわ」

特に以前とまったく変わってませんね。

「デートに行ったりはしないの？」

「……ないですわ」

シオン様とのデート。腕を組んで市井《しせい》を歩くなんて憧れですわ。目的がなくても構いません。屋台の品を二人で食べたりするだけでもいいのです。でも、私もシオン様も忙しい身。そのような時間がとれるでしょうか。それでも、デートしたいですわ。

スミスとクラン君の視線が生温かいです。でも、侍女の二人は私を応援してくれますの。

「完全に恋してる顔ね」

シオン様とのデートを想像している私を見ながら、リーファがポツリと呟《つぶや》きます。

「お〜い、そろそろ戻ってこい」

リーファの声で現実に引き戻されましたわ。

甘い雰囲気はここまでのようですね。気持ちを切り替えて、明日魔の森に潜りましょう。

翌日、やってきました、魔の森に。潜って数時間。

「特に異変は見たりませんね」

クラン君の声に頷《うなず》きます。

「私の方も特に異変はありませんでしたわ。だけど……」

言い淀んでしまう。すでに五体討伐しています。クラン君たちの方も三体討伐したそう。明らかに異常ですわ。考えを巡らせていると、スミスたちが戻ってきました。

「どうでした？」

「こちらも特に異変はありませんでした」

やはりそうですか。魔の森には異変はなく、ある特定の寄生種だけが異変をきたす。とするならば、寄生種になんらかの異常が起きたと考えた方が辻褄《つじつま》があいますわ。だとしたら……

「一つ調べたいことがあります。砦《とりで》に戻りましょう」

転移魔法で砦《とりで》に戻ってくると、早速、近くにいた兵士を捕まえ指示を出します。

「早速ですみませんが、ここ二、三か月の日報を持ってきてください」

クラン君も兵士と同行します。

「日報を調べてどうするの？」

リーファが訊《き》いてきました。

「昔、伯爵家の書庫で読んだことがあるのです。生命の危機に瀕した時、ある特定の寄生種が異常繁殖したと」

うっすらとした記憶ですが。

「つまり、常に魔の森を観察している日報に、なんらかの手掛かりがあるとお考えなのですね」

スミスの言葉に頷《うなず》きます。ちゃんと仕事をしてれば、載ってる可能性は大ですからね。

「現時点で魔の森に異変を感じない以上、そのことも考慮にいれるべきでしょう」

日報になにも書かれていなければ、振り出しに戻るんですけどね。

そんな話をしていると、クラン君が戻ってきました。手には三冊の日報があります。

「では、早速調べましょう。気になる点があれば遠慮なく声をかけてください」

三冊なのですぐに終わりますわ。十分ほどで、スミスがなにか見付けたようです。

「もしかして、これでしょうか？」

差し出された記述を読んでみると、二週間前に魔の森でボヤがあったそうです。ハンターの火の不始末と処理されたと書かれてありました。その数日後にも、また同じことが起きています。

「二週間に三回ですか……」

明らかに多すぎではありませんか？　不注意の回数を超えているように思います。ボヤの範囲も小規模なもので、特に問題にならないレベルです。これくらいのボヤで、生命の危機を感じるでしょうか。

「スミス。念のために、ボヤがあった場所の確認をお願いできますか？」

二週間程度なら、なんらかの痕跡が残っている可能性があります。

「畏《かしこ》まりました」

スミスが颯爽《さっそう》と出ていきました。ここ三階なんですけどね。まだまだ現役でいけるんじゃないですか。さてと、スミスが確認に行っている間に、

「クラン君。この日報を書いた兵士をここに連れてきてください」

「畏《かしこ》まりました」

クラン君は軽く一礼し部屋を出ていきます。

なにか嫌な予感がしてきましたわ。気のせいであってほしいのだけど、こういう時の予感は嫌なほどに当たるものです。

二十分ほどでクラン君は日報を書いた二人を連れてきました。

一人は制服で、もう一人は私服です。私服の彼は非番だったみたいですね。

そろそろスミスも戻ってくる頃合いですね。あっ、戻ってきました。耳元で、私にだけ聞こえるように報告します。

「確かに小規模ですが焦げ跡はありました。その焦げ跡に不自然な変色があります」

変色ですか……もしかして薬品、火ではなく煙を出すことが目的なのでは？

魔の森に広がる黒煙。

だとしたら、寄生種は生命の危機を感じてもおかしくはない。そのことを念頭に置いた上で始めましょうか。

「貴方がたに来ていただいた理由はクランから聞いていると思います。とても重要な案件なので、

わざわざお越しいただきました。非番の方もすみません。それでは、早速質問させていただきますわ。よろしいですか？」

「「はい」」

私の問いかけに、訝《いぶか》しげな表情を見せながらも答える兵士二人。

返事はとてもよかったですわ。応答も素直に返してもらえると助かります。

尋問の結果、兵士二人はこの件に関わってはいないとわかりました。私の質問に普通に答えていましたからね。もし嘘偽りを少しでも口にしたら、彼らの足元が赤く光ったでしょうから。とはいえ、薬品を見逃したのは彼らのミスですね。確認作業に関わった者全員、始末書を提出の上、鍛錬のやり直しが妥当でしょう。

「あとは、ハンターギルドの聞き込みね」

若干、声のトーンが低くなります。

ハンターギルドって、属にいう男社会で女を下に見る傾向があります。それを隠そうとしないから、余計に質《たち》が悪い。今は、そこまで酷《ひど》くはないのですが、この街のギルドマスターは特にその傾向が強い方です。私も何度か本気でやり合ってます。もちろん口でですよ。

「それは、私がいたしましょう。もし、ハンターが関わっていたら、証拠隠滅される可能性がありますから」

スミスがかって出てくれました。助かりますわ。会うのが嫌ってわけじゃないですよ。ただ、あのギルドマスターに協力を申し出ても、絶対上手くいかない気がします。

「……大事になってきたわね」

スミスが部屋を出ていったのを見送ったあと、ポツリとリーファが呟《つぶや》きました。

「同感ですわ」

「でも、もしセリアが考えてる通りだったら、精製場所が必要になるんじゃない？」

さすがリーファ、やっぱり、気付いていたようですね。

「ポーションを精製できる環境があれば、十分可能ですわ」

なので、大掛かりな施設は必要ないのです。作り方を知っていてかつ材料があれば、学生でも精製できますわ。ただ、特殊な匂いがしますから、まず市井《しせい》では精製不可能でしょう。

作り方はほぼポーションと同じ。すり潰して蒸留水を入れて攪拌し煮る。そして、布で何度も濾《ろ》過《か》し不純物を取り除いて完成。材料が寄生種に寄生された魔物の血肉と体液ですけどね。

なにができるかですって？

もちろんポーションとは違いますわ。簡単に言えば、人を堕落させる薬。ほとんどは、原液を薄めて香水やお香として使用します。依存性が高く、使用し続けると意のままに人を操れるようになり、正常な判断もできなくなり、最悪廃人になります。

そう、まるで【魅了】と酷似していると思いませんか。

それゆえ、精製と乱用は禁止されています。材料になる魔物も伏せられました。私のように知っている者もいますが。

「街から離れていないと無理よね」

「となれば、魔の森か、周辺の廃村か洞窟とかでしょうか？」

リーファの台詞《せりふ》にクラン君が付け加えます。

「でしょうね。今晩から忙しくなりますね。でもその前に、シオン様の所に行ってきます。一応、日報の確認と連携が必要になりますから、その要請もしなくちゃいけませんね。それと、皇国にも報告しとかないと」

やることが多すぎて、目が回りそうですわ。

「私も手伝うわ」

リーファの提案に、嬉しくて抱き付いてしまいましたわ。

「ありがとう。持つべきものは親友ね。だったらお願いしていい。ここに、臨時の詰め所をクラン君たちと一緒に設置してほしいの」

ほかの場所で設置できませんから。

「わかったわ」

「畏《かしこ》まりました」

追加しないといけませんね。持つべきものは親友と信頼できる仲間ですわ。

「大隊長、少しお話があるのですが」

仕事で来たので名前呼びはしませんわ。ちゃんと線引きはしますよ。

執務室には見知った顔が三人ほどいました。確か、隊長たちの相棒である副隊長たちです。

やけにピリピリしてますね。空気が悪いですわ。それに、副隊長さんたち、とても疲れているようです。なにかあったのかしら。

「ちょっと待て」

それはどちらに言っているのでしょうか。緊急を要さないなら、こちらを優先してほしいのですが、致し方ありません。

「外で待っています」

そう告げ踵《きびす》を返した時でした。

「その必要はない」

シオン様が止めます。どうやら、待てと言ったのは副隊長たちに対してでしたね。それに反発したのは副隊長たち。一方的にシオン様を責め立てています。

私のシオン様を、それも一方的に。黙って聞いていれば、まるでシオン様が悪いような言い方ですね。隊長たちが仕事を放棄しているのは、シオン様のせいではないでしょう。本人の問題ですよね。そもそも、シオン様に告白したのは私です。文句を言うならば、私にでしょう。

「私がシオン様に告白したことが隊長たちのサボタージュの原因だと仰《おっしゃ》りたいのですね。仕事をズル休みしている隊長たちは被害者で、これっぽっちも悪くないと。自分たちの仕事量が増えたのも、全てシオン様が悪いと……ええ、よくわかりましたわ。なぜ、シオン様自ら新人研修をしていたのか。貴方たちが自分の仕事を押し付けていたのですね」

「押し付けたわけじゃあ」

「ないとでも」

そう切り返せば、副隊長たちは黙り込みます。自分でもわかっているのでしょう。

「大隊長の仕事量がどれほどか、貴方たちはご存じですか？　貴方が音を上げている量よりも遥かに多いことぐらい、想像できませんか？　ほんの少し離れた間に、想像できないほど頭が退化してしまいましたか？　ならば、大事な砦《とりで》を任せるわけにはいきませんね。大隊長、皇女として進言しますわ。一掃なされたらどうです？」

さすがに言いすぎたかしら。

「……このままだと、そうせざるえないな」

息を呑む、副隊長たち。まさか、シオン様が認めると思わなかったのでしょう。

「セリア、ここに来たのはこれを確認するためだろ？」

シオン様は副隊長たちを無視して、冊子を差し出します。日報でした。

さすがですわ、シオン様も気付いていたのですね。

「それでどうでした？」

副隊長たちを無視して話を進めます。

「一か月以内にボヤが三件。どれも、なにかしらの液体がかけられていたらしい」

栞《しおり》があるところを開くと、確かに人為的なボヤだと記載されてますね。そのことに気付くとは、なかなか優秀ですわ。三件目の上司のサインはアーク隊長ですか……なるほど、そういう積み重ねがあっての発言なのですね。

「一か月に三回ですか……私の所は二週間に三回でした。だとしたら、私の方にアジトがあると考えるべきですね。舐《な》められたものですわ」

知らず知らずのうちに、口元に笑みが浮かびます。目は笑ってないでしょう。

「レイに報告に行くんだろ」

「ええ。この件に関しては報告が必要ですね。騎士をお借りする必要があるかもしれませんから」

それがなにを意味しているか、副隊長ならばわかるはず。

つまり、近いうちに大きな捕物があるということ。その予兆を自分たちは見逃した。そのことに隊長、副隊長たちは慌てるでしょう。そしてシオン様の言葉を思い出す。これで目が覚めなければ救いようがありませんわ。

そうそう、種は蒔いていますから捕物は短期間で済ませるつもりです。上手く芽吹くでしょう。刈り取りには、人手があった方がいいですからね。

「俺の方も人手を出そう」

「助かります。ならば、大隊長が研修をした新人を貸してください。あと、この日報を書いた方も」

「新人たちでいいのか」

「新人たちがいいのです。あとは屋敷の者を連れていきます。ここにも数人置いていきますわ」

これで、少しは仕事が減るでしょう。

「ああ、助かる」

私のせいなのに、嫌な顔を一つもせずに好意を受け入れてくれる懐の大きさが大好きですわ。

「無理をしないでください。隈ができてますよ」

それは意図したことではありませんでした。

手を伸ばし、その頬に手を添え隈を親指の腹でソッと撫《な》でます。

「では、陛下に報告に行ってきます」

「…………ああ」

呆気《あっけ》に取られた顔。やっぱり、シオン様は可愛くて格好いいですわ。

後ろ髪を引かれる思いで、私はしぶしぶ皇宮へと向かいます。

「――というわけで、騎士を数人借りたいのですが、よろしいですか？」

さっそく、お父様に報告しました。

ある寄生種が意図的に大繁殖したことを伝えただけで、なにが起きているか瞬時に理解したようです。余計な追加の説明もなしに、許可をくれました。

「構わん。今第三騎士団が待機中だから、自由に使え」

話が早いですわ。さすが、私の元先輩ですね。

昔、皇帝陛下を継ぐ前、お父様は私と同じ立場で、伯爵領で魔物を討伐していましたから現場を知っているのです。魔物にも詳しい。そういった人間が一番上にいると、本当に助かりますわ。

「……」

どうかしましたか？

お父様はなにも言わずに、ただ私の顔をジッと見てきます。

「私の顔になにか付いてますか？」

今までいろいろな無茶振りがありましたから、やや警戒しながら尋ねます。皇帝だけあって、目力強いですね。ジッと見つめられると、私の内心まで見透かされそうで少し怖いですわ。

「いや、今日はやけに機嫌がいいなと思ってな」

返ってきたのは意外な言葉。わかりますか。

「聞きたいですか？　聞きたいですよね？」

この嬉しい気持ちを、ぜひお父様とわかち合いたい。なので、自然とお父様につめ寄ってしまいましたわ。なのに、お父様は悲しいことを言います。

「いや、聞きたくない。用は終わっただろ。とっとと帰れ」

それはあまりにも娘に対して冷たくはありませんか。あいにく、なにも聞こえませんわ。聞こえないので続けます。

「あれから何度か、シオン様とお茶を飲んだりしているのですけど、その度にシオン様のいろいろな面が見えてとても楽しいのです。今日なんか、目の下に隈ができていて、思わず親指の腹で撫《な》でてしまいましたの。するとシオン様、硬直してしまってそれが、とてもとても可愛くて。あんなシオン様を見たのは初めてですわ」

せっかく、シオン様の魅力を教えてあげましたのに、なぜ頭を抱えているのです、お父様？

「……そりゃあ、硬直するよな。というか、心底、娘の恋話は聞きたくなかったぞ」

「なぜです？」

私は話せて嬉しいのに。娘の幸せを喜んではくれないんですか？　それとも、まだ反対なのですか？　とても悲しくなりますわ。

すると、意外な所からフォローが入りました。

「それが父親というものよ、セリア。レイにとってセリアはいつまでも娘なの。だから、生々しい部分は見たくないのよ」

また覗《のぞ》き見してましたね、お母様。それも初めから。もう、注意するのもめんどくさくなりましたわ。注意はしませんから、抱き付くのはやめてください。言っても聞きませんよね。

軽く溜め息を吐いてからお母様に反論します。

「久し振りです、お母様。どこが生々しいのですか？」

淑女らしからぬ面はたたありますが、さすがに、婚約すらも交わしてない相手といかがわしい行為はまだしていませんわ。

「しているのよ。普通の女の子は、意中の男性の目元を親指で撫《な》でたりしないわ」

「そうなのですか？」

それは知りませんでしたわ。私も意図してやったことではなかったんですけど。

「男はする時はあるけどね。ねぇそうよね、レイ」

「……」

お父様もお母様にしたのですか。思わずお父様に視線を向けたのですが、目を合わせてくれません。そんなお父様を見て、お母様がフフフと笑います。

「ほんと、外見は私に似たけど、中身は残念なほどレイ似よね」

それは、喜んでもいいのでしょうか？


「シオン様。こんな所で、なに一人黄昏《たそが》れているんですか？　探しましたよ」

お父様に報告した帰り、砦《とりで》にいなかったので探してみたら、まさか市井《しせい》に来ているとは思いませんでしたわ。それも中央の噴水の前に。目立っていますよ、シオン様。

「俺の魔力を覚えてるんだろ」

苦笑するシオン様。尊いですわ。もちろん、コレクション入り決定です。どうしてもにやつきそうになる表情を必死で引き締めます。引かれるのは嫌ですからね。

「それでも、探しましたよ。あっ、あれ食べてもいいですか？」

返答も聞かずに買いにいきます。もちろん、シオン様の分も。

「本当に好きだな、それ」

市井《しせい》に出てきたら必ず食べてましたからね。もう習慣のようなものです。

「美味《おい》しいじゃないですか？　はい。シオン様の分です」

シオン様の隣に座り、買ってきたばかりのクレープを手渡します。私は果物がたっぷり入ったのを、シオン様にはおかずタイプのものを。渡した途端、少し考え込むシオン様。

「ほんとは知ってたんです。甘いのが苦手だってこと。いつも、私に合わせて買ってくれてたんですよね。これからは我慢しないでください。素のシオン様と一緒に歩みたいので」

　陽が暮れてきましたね。

「……俺はセリアを娘にしか思えない。異性として見れないんだ。そんな俺を、なぜ選ぶ？　苦しいだろ？　わざわざ、そんな想いをすることはない」

　そう諭されても困りますわ。

「さぁ、正直わかりませんわ。これといった理由がありませんもの。ただ……この人といたいと思ったのです」

「なら、今までと同じでもよかったんじゃないか？」

「確かにそうですね。いたいと思っただけなら。でも、それだけじゃ我慢できなくなったんです。そうですね……切っかけは些細《ささい》な違和感でした。それが照れだと知って突っ走った感は否めません。でも、一緒にいて気付いたんです」

　シオン様の正面に移動します。そして、まっすぐ、シオン様の目を見つめます。シオン様の目に、少し不安そうな私が映ります。貴方の目には私はどう映っているんでしょうか。

「私はシオン様の隣にいたいんです。同じものを見、同じものを食べ、同じ目標を持ちたい。……ゆっくり考えてください。私よりも柵《しがらみ》があるのは、シオン様です。いくらでも待ちますから」

　子供の戯言《ざれごと》だと、馬鹿にしない貴方が好きです。どんな些細《ささい》なことでも、一生懸命考える貴方が好きです。私はそんな貴方の隣で笑っていたい。

　いつまでも……それが、私の幸せなんです。

「セリア……」

かすれた声で、シオン様が私の名を呼んだ時でした。

「シオン、シオンなの？」

シオン様の名前を連呼する女が現れました。甘い雰囲気が完全に霧散してしまいましたわ。

なに、この女⁉

「……ジュリアか」

ジュリアですって⁉

確か、シオン様の元結婚相手。辺境地と魔物討伐の暮らしに耐え切れずに、隊長たちを産んですぐに出ていった人。そんな人がどうしてここに？　なぜ、この瞬間に⁉

「あら、覚えてくれてて嬉しいわ。どうしてここに？　とは、訊《き》いてくれないの？」

完全に私を無視してます。これって喧嘩《けんか》売ってますよね。買いますよ。買わせてもらいますわ。

この年増女‼　女が私を押し退けシオン様に近付こうとした時でした。この匂い……

「悪いが、もうお前とは終わっている。なんの用でここに来たのか知らないが、近付かないでくれ」

けんもほろろに突き放すと、シオン様は私の肩を抱き寄せお尻の下に腕を添え、そのまま持ち上げます。子供によくする抱っこですね。懐かしいです。懐かしいですが、傍から見たら人攫《ひとさら》いのように映るかもしれませんね。

年増女の視線を強く感じます。恋愛経験の少ない私でも、その視線がそういったものではないことぐらいわかります。それが誰に向けられたものかも。

人混みの中、人にぶつからないように器用に歩く。いつもこの大きな手は私を守ってくれますね。自然と笑みが浮かびます。

「……シオン様」

年増女が見えなくなってから、私はシオン様の耳元で名前を呼びます。

シオン様が慌てて下ろしてくれます。

私は悪戯《いたずら》っ子のような笑みを浮かべながらシオン様の前に立ちます。そして、彼が着ているシャツの上部を掴《つか》み引き寄せました。背伸びをして、シオン様の頬にお礼のキスを、左手はシオン様の胸に添えて彼に気付かれないように術を施します。

「いつも、護ってくれてありがとうございます。全て片付いたらデートしてくださいね」

次は私が貴方を守る番です。

シオン様と共に砦《とりで》に戻ってきた私は、一緒にいた侍女を残し、お父様から借りた騎士五人と彼から借りた新人さんたちと一緒にコニック領に戻ってきました。

侍女にはどうしてもやってほしい仕事がありますの。もちろん彼女にも、皆にも内緒に。シオン様と同じ術式を念のために施しました。

「おかえり、セリア」

「おかえりなさいませ、セリア様」

リーファとクラン君が出迎えてくれます。

「ただいま戻りました。人手も連れてきましたわ。これで、今晩から動けますね」

砦《とりで》の人間が使えない以上、彼らは大事な戦力ですからね。

意気揚々としている私たちを、兵士の一人が遮ります。薬品がかかっていると見破った優秀な彼です。

「ちょっと待ってください。この人数でやるんですか!?」

作戦本部にいるのは十人ちょっと。その人数で、犯罪組織を壊滅しようとしているとは、信じられないかもしれませんね。

「そうですわ」

「無謀ですよ!!　学生もいるじゃないですか!?」

優秀ですが、少し頭が固いですね。

「まぁ確かに、リーファも私も学生ですわ。でも、二人ともちゃんとハンターの資格はありますわ。それに駄目かどうか、判断するのは早すぎませんか?」

そう答えると、それ以上彼はなにも言いませんでした。代わりに、声を上げたのは騎士の一人です。

「あの……なぜ、砦《とりで》の兵士を使わないのですか?」

ごもっともな質問ですね。

「単刀直入に言えば、裏切り者がいるかもしれないからですわ。そして、目下炙《あぶ》り出し中ですね。すでに種は蒔いてます。ここで芽吹くか、ハンターギルドで芽吹くか、それとも両方かはわかりませんが」

裏切り者がいる可能性を隠さず、はっきりと口にします。騎士の皆様は、わかったようなわからないような、妙な表情をしてますね。

新人さんたちは初めから首を傾げています。でも、優秀な彼だけは反応が違いました。

「……だからこの人数で、外部の人間に協力を仰いだんですね。そして、あえてこの場所に本部を立ち上げた。つまり、これが種ですね」

思わず拍手しましたわ。

「ほぼ正解ですわ。実は種はもう一個蒔いてるんです。そちらは別の者が蒔いてますけどね」

「ハンターギルドですか？」

また正解。本当に彼は優秀ですわ。このまま引き抜きたいくらい。

「ええ」

「どういうことです？」

騎士たちと新人さんはわからないみたい。

「寄生種に寄生された魔物を討伐するのは誰？　薬品が最も手に入れやすい場所は？　ボヤを出しても疑われない仕事は？　あるいは、意図的なボヤをただのボヤに変えられる方法は？　それらが可能な仕事はなんでしょう？」

「つまり、犯罪組織に通じている者がハンターギルドか砦《とりで》の中に存在すると」

やっと、騎士たちは気付いたようです。新人さんはまだよくわからないみたいだけど、身体を動かしてくれればいいので進みます。

「そういうことです。だから、捕縛にこの砦《とりで》の者とこの街に所属するハンターを除外したのです」

「……仲間の裏切りを想定しての行動ってことですか」

苦々しい表情をしながら騎士は答えます。

「そういうことになりますね」

私があまりにも平然と答えることに、ますます騎士の表情は険しくなります。それは騎士たちだけではありませんでした。新人さんたちも、優秀な彼も同じような表情をしています。

「仲間を疑うことが許せませんか？　しかし、状況証拠においてその可能性が高いのならば、とるべき行動は決まってますわ。……それで、上手く躊けましたか？　スミス」

「はい」

「ご苦労様。じゃあ、私は一時間ほど寝るから、あとよろしくお願いしますね」

「畏《かしこ》まりました」

早朝からの魔物討伐。そして、何度も転移魔法による移動。それに、シオン様と侍女に施した術式。自分一人だけの移動なら大丈夫でしたが……さすがに少し疲れましたわ。

それに、この後、一晩中探索魔法を張り続けますからね、時間があれば休憩をとっておいた方がいいでしょう。マジックポーションを飲んでから仮眠をとります。

「おい。それはないだろ!!　自由すぎないか」

新人さんたちの文句は無視です。

「それでいいのかよ。あんたたちも」

彼らの中で私の評価は最悪でしょうね。まぁ構いません。仮眠室に消えてからも文句は続いていますね。まぁ、これぐらいなら十分寝れますわ。なので、この後のやり取りは知りませんでした。

「朝から魔物の討伐のため魔の森に潜り、四回に渡る転移魔法。それも一人でなく貴方がたと一緒に。そして移動先で、状況の確認と打ち合わせ。ここでは私たちを統率しながら、一晩中探索魔法をかけ続ける手はずです。それでも、一時間の休憩は許せないと仰《おっしゃ》るのですか？　成人前の学生だから心配だとお思いでしょうか？」

声を荒げることなく、淡々と事実を述べるスミスに、誰も言葉を発せなかったそうです。

「それと、これは私の些細《ささい》な疑問なのですが、貴方がたは誰を最重要に護るのでしょうか？　セリア様が一番に護るのは、いつも戦う術を持たない民です。あの方は常にそうでした。ゆえに、汚れ役を引き受けることも、非難を受けることもよしとしております。命と比べて些細《ささい》なことだと。今回の件もそうです。……貴方がたにその覚悟はおありでしょうか？」

スミスの言葉に、不満を持っていた彼らは皆、神妙な表情になったそうです。あとでこっそりとリーファから聞いた私は、スミスの台詞《せりふ》に涙が出そうになりました。ありがとう、スミス。

少し休んだから魔力はある程度回復しましたわ。念のためにもう一本マジックポーションを飲んでから、砦《とりで》の城壁の上に立ちます。

常に城壁の上には十人ぐらいの兵が見張りについています。もちろん、彼らが見張っているのは魔の森です。

警戒されたら困るので、ここに来たのは私とスミスの二人。あとは本部で待機ですわ。下手に動くと悟られますからね。立ち上がったばかりで、人手が足りないスカスカの本部なんですから。私とスミスが二人ここにいても、同情とちょっとした反発感を抱いた目で見られるだけです。

「五キロぐらいでいいかしら？」

スミスしか聞こえないほどの小声で尋ねます。

「そうですね。まずはそれぐらいで」

頷《うなず》くと、無詠唱で静かに気付かれないように徐々に範囲を広げていきます。

狭くても、人の出入りが多い建物。熱がこもっている建物。不自然に人の流れがある場所。その三点に絞ります。

なかなか引っかからない。

動くとしたら、今夜か明日――

気付かれたと勘付いた犯罪者は精製所をたたむために必ず動くはず。証拠を隠滅してしまえれば、どうとでも言えますから。こういう犯罪者は、必ず後ろに控えている大元がいるはずです。売りさばくにも特別なルートがいりますからね。そこまで辿り着くためには、絶対に精製所を抑えなければならない。それは必須です。

犯罪者がコニック領を選んだのは、犯罪ができると踏んだから。ここで逃げられたら、この地域の犯罪率は上がる。悪い言い方をすれば、カモにされるでしょう。ましてや、統治しているのが成人前の小娘なんだからなおさらです。

ほんと、皇女なんてかえって邪魔ですわ。親の七光りだって思われるんだから。でも、私が皇女じゃなかったら、そもそもシオン様に会えなかった。そう考えると、皇女でよかったと思いますわ。

せっかくの時間をあの年増女に邪魔されましたが、シオン様に密着できました。ちょっと癪《しゃく》ですけど。あ～でも、シオン様の胸硬かったけど、温かくていい匂いでしたわ。加齢臭なんてなかったし、もししても平気ですけどね。

そうそう、この件が片付いたら、二人っきりでデートの約束を取り付けましたの。頑張りましたわ。一応約束しましたから、シオン様の気持ちが固まるまでちゃんと待ちますよ。だけど、なにもしないとは言ってませんわ。押していきますよ、全身で。受け止めてくださいね、シオン様。

その前にまずは、犯罪組織の壊滅。次に、隊長たちには内緒であの年増女を排除しなければ。首を洗って待ってなさい!!

「セリア様、考えごとは程々に」

絶妙なタイミングでスミスが注意します。

ちょっと興奮しましたわ。ごめんなさい。でも、手は抜いてはいませんよ。ちゃんと監視してます。それにしても、なかなか引っかかりませんね。

ん……？　市井《しせい》の方向から二人、砦《とりで》の方向から三人。魔の森の近くにある休憩所に集まってる。確かその休憩所、今は老朽化のため使われていないはず。

夜に、それも使用されていない休憩所に集まるハンターと兵士。建物の中には三人の人間。

魔の森の討伐時間は陽が暮れるまで。この時間に休憩所に行くなんて明らかに不自然ですわ。ようやく、見・つ・け・た・わ。

ニヤリと笑う。耳に付けている魔法具に魔力を流し作動させ、皆に知らせます。本来はこういう時のために作ったもの。この頃は違う用途で使ってましたが。

「ここから四時の方向、休憩所に五人集まっています。中には三人。では、手はず通りに。距離を十分にあけて追跡を。必ず精製所を押さえます。いいですね、軽はずみの行動はくれぐれもしないでください。私もこれから向かいます」

そう伝達すると、私はスミスと一緒に砦《とりで》を後にしました。探索魔法はかけたままです。まだ動いていませんね。まだ誰か来るのでしょうか。それとも、その場所が精製所なのでしょうか。いけばわかりますね。

リーファとクラン君はそのまま待機。

あとは全員それぞれの方向から近付いています。彼らが付けている魔法具によって、皆の位置が正確に把握できます。近付きすぎたら注意するために。

少し離れた場所で待機中の皆と合流。人数が少ないから皆一箇所に集まっています。

今気付かれたらアウトですね、全然慌ててませんけど。

「気付かれてないわね」

小声で確認します。

「それは大丈夫ですが……」

騎士の一人が答えます。たぶん、私が手をこまねいてるって思ってるのでしょうね。そんなことないんだけど。

「さてと、とりあえず行きますか。皆は合図するまでここにいてくださいね」

「「えっ⁉」」

数人が声を上げる。皆が止めるより先に、もう私は前に出ていました。

だけど、中にいる三人の中で、一人だけまったく体型が違う人間がいます。おそらく重要なのは、その人間ですね。

足音をたてずに進みます。あと数歩で平地に出る所まで進んでから、私は建物の周囲に結界を張ります。目で見てはっきりと立体的に想像しないと張れないのが欠点。でも意外と役に立つんですよ、主に魔物相手に。その点なら、犯罪者も一緒ですよね。

ガサガサという音に、見張りに立っている男たちが反応しています。瞬時に臨戦態勢をとります。明らかに、なんらかの訓練を受けている者の動きですね。わざと注意を引き付けてから、私は姿を現します。フードを目深に被って。

「こんな時間にガキがなにしてるんだ⁉」

突然現れた私に驚く、見張り二人。でも、明らかに舐《な》められています。まぁ、見た目は子供ですからね。不本意ですが。

「おじさんたちこそなにをしてるの？」

いつもとは違う、市井《しせい》専用の言葉遣いで話しかけます。

「ガキには関係ない。さっさとどっかいけ‼」

どっかに行けと言われて、素直にいくわけないでしょ。

「すっごく気になるな～。だってそこ、今は使われてない廃屋だよね。それにおじさんたち、砦《とりで》の兵士かハンターでしょ。こんな時間に集まってなにをしてるの？　教えてほしいな、この私に」

フードを取った途端、兵士たちは襲ってきました。私の顔を見て、それだけで、罪を告白してるのと同じですよね。なんにもしていなければ、堂々としとけばいいのです。

「魔道師なら接近戦は苦手だろ‼」

一気に間合いを詰めてきます。

「普通の魔道師ならそうでしょうね」

勝負は一瞬でした。いや、一振り。

剣圧に吹っ飛ばされた男三人。二人は倒れたまま動かない。あと一人は呻《うめ》き声を上げています。

「情けないですね。威力はかなり抑えたのにこれですか？」

せめて、立っていてほしかったですわ。

「本当に」

私の呟《つぶや》きに答えたのはスミスでした。そのすぐ後、皆が追い付きます。チラリと私が持っている剣に視線がいきます。私が剣を持つのが、そんなに不思議ですか？

「大変です‼　もぬけの殻です‼」

裏口の扉が開いていています。そこから逃げ出したようですね。

「なに落ち着いてるんですか!?　さっさと追わないと!!」

騎士たちが慌てて後を追おうとします。

「そんなに急ぐ必要はありませんわ」

やんわりとした口調で止めます。

「必要がない？」

「ええ。周囲に結界を張ってますので、そこから出られませんよ」

「結界？」

そんな会話を騎士たちとしていた時でした。

新人兵士の声が魔法具から聞こえてきました。

『セリア様!!　いました!!』

まるで狼煙《のろし》のように。

ここまでは計画通り。新人兵士たちにはいい訓練になるでしょう。対人戦は必須ですからね。

「では、始めましょうか。ただいまより狩りの時間です。獲物は五匹。なかに細くて小柄なものが一匹紛れています。それは無傷で捕らえてください。これは実地訓練ではありません、本番です。くれぐれも気を抜かないように」

笑みを浮かべながら告げると、私は魔法具から手を離した。

呆気《あっけ》に取られてる騎士に私は尋ねます。

「なにしてるんですか？　参加しないんですか？」

ようやくその声で動き出す、騎士たち。

騎士たちが狩りに行っている間、私とスミスは休憩所を探索することにしました。証拠を消すには時間が足りなかったようですね。結構証拠が残っていました。魔法具で撮影します。わずかに残っていた液体も、匂いと液体に気を付けながらもちろん証拠品として押収します。精製したのを諦めて破壊したなら、逃げおうせたのにと、思いながら。


二十分後。

全員捕まえたとの報告を受けました。

さて、顔を拝むとしましょうか。

捕まえたのは全員で五人。

全員に耐魔力用の手枷《てかせ》を嵌《は》めます。当然、首には犯罪者の尋問に使う魔法具もセットですね。

以前、グリフィード元第二王子に使用していたのと同じタイプです。罪人に対し、我が国はグリフィードほど甘くはありませんよ。

明らかに戦いを生業にしているのが四人。違うのが一人。うち、兵士が三人にハンターが一人。ハンターは違う一人の護衛ってところかしら。陽が暮れて市井《しせい》の外を歩くのは危険ですからね。違う一人が冷や汗を流しています。もしかして、この魔法具を知ってます？ なら、話が早いですわ。

ほかの四人は完全に舐《な》めていますね。私が子供で女だからでしょう。余裕で誤魔化せると思っているのでしょうね。

「時間がないので、手っ取り早くいきますね。では、私の質問にハイと答えてくださいね。ほかの言葉を発しないように注意してくださいね」

一人を除いて怪訝《けげん》な顔をする犯罪者たち。

「貴方たちは禁止薬物の精製に関わっていましたね。では、右の方からどうぞ」

そう促すと、違う人間が怒鳴ります。順番守ってくださいね。

「はぁ～～お、いっ――――!!」

最後まで言葉を発せずに、突然襲ってきた痛みに仰け反っている。

「言い忘れてましたね。余計なことを言うと、もれなくこうなりますからご注意を。少し雷が流れるだけですわ。死なないよう細工はしてますので、ご安心を。では、続けましょうか」

ここまできて、犯罪者たちはようやく気付いたようですね。誰に喧嘩《けんか》を売ったのかを、女、子供だと舐《な》めていたのが間違いだとね。今さら遅いですけど。

もう一度、同じ質問を繰り返します。なかには勇敢な方がいらして、気丈にも「いいえ」と答える方が。その方以外、全員雷は免れました。

つまり、全員黒ってことですよね。

「自分たち以外に、この件に関わっている者がいますか？　これにもハイでお願いしますね」

これはわかれました。平気だった方は後で特別な催しが待ってますわ。細身の貴方は私が直接お話を聞きますね。

それより、どうしましたか？　さっきまで気丈だった貴方たちが、冷や汗かいてますよ。この魔法具がどういったものか十分理解したようですね。

「もう察しがついてると思いますが、これは嘘を見分ける魔法具です。つまり、貴方がたはすでにいろいろ自白しているんですよ」

捕まっても言い逃れられると思っていたのでしょう、私を見て。まぁそう思われても仕方ない面はありましたから。今まで、あまり直接砦《とりで》に口を挟みませんでしたから、なおさらでしょうね。ハンターに関しては、直接私が口を挟めませんし。だからといって、なにも見ていないわけじゃありませんわ。今回のことは偶然でしたけど。

あらかた尋問を終えると、私は細身の男に近付きます。それだけで、男の体は陸に上げられた瞬間の魚のように跳ねます。そんな男の姿を見て、私はにっこりと微笑みます。

「では、お聞かせくださいな。貴方は誰です。嘘は言わない方がいいですよ」

「………………ジョンと申します」

かなり小さくてたどたどしいですが、嘘は言ってないようです。反応しませんから。

「そうですか。では重ねて尋ねます。貴方の主の名前を答えなさい」

この男が主犯の一人とは到底思えません。できて使い程度でしょう。

「素直に答えた方がいいですよ。二度、三度はさすがに体に堪えますからね」

「……ムヒト・グランハットです」

これはこれは、懐かしい名前が出てきましたね。笑みがさらに深くなります。

「懐かしい名前が出てきたものね」

——グランハット。

かつて、その家はグリフィード王国きっての大商会でした。だけど馬鹿な息子のせいで失墜し、多額の借金を背負い、一家離散。今はその商会は存在していませんわ。残骸すらも残ってませんね。当然と言えば当然の結果ですけどね。

コンフォート皇国の皇女である私を、陥れようとしたグリフィード王国元第二王子の友人の一人なのだから。ちなみに、息子のリベルは今はシオン様の所で特別《魔物の生餌》なお仕事をしていますよ。お友だちと一緒にね。

余談はさておき、まさか、この場所でその名前を聞くことになろうとは。というか、まだその元気がおありになったのですね、驚きです。多額の借金地獄に苦しまれてると思っていました。私もまだまだですね。

「居場所はもちろん、把握できてますよね？」

当たり前のように、スミスに尋ねます。

「はい」

当然の返答ですね。

「出鱈目《でたらめ》を言うな‼」

反射的に怒鳴ってしまった細身の男は強く目を瞑《つぶ》る。

しかし、来るべき痛みが来なくて、恐る恐る目を開け私を見上げます。その目には、私に対しての恐怖がありありと刻まれていました。こうなれば、痛みは必要ありませんわ。

「ジョンさんといいましたね、どうして、出鱈目《でたらめ》だと思ったのですか？　この私が、皇国に弓を引いた一族の行方を把握していないと思っていたのですか？　ありえないでしょう。なにもできないと高を括っていたことは反省しなければなりませんけど」

　こうなるってわかっていれば、一族全員処刑にするか、炭鉱送りにすればよかったですわ。少し甘すぎましたね。

「なら、どうしてこの国に入国できたんだ!!」

　最後の空元気かしら。

「貴方たちが一人、二人、入国しようと痛くも痒くもありませんから。でも、その認識は変えるべきかもしれませんね。どんな虫でも徹底的に排除しないと。その点に気付かせてくれたことに感謝しますわ」

　微笑みながら告げると、細身の男はガクッと力を落とし、俯《うつむ》いてブツブツと呟《つぶや》き続けます。

　男の中でなにかが壊れたようですね。罪悪感はまったくありませんが。

「ムヒトを捕まえにいく前に、彼らを王都に運びますね。待っててください、すぐに戻りますから」

　先手を打たれるかもしれませんから内通者がいる可能性がある砦《とりで》には連れていけません。

　それに、今あそこには、リーファとクラン君しかいません。身の安全を考えると避けるべきです。

　最悪、動けるのはクラン君だけ。リーファは強いですけど、さすがに捕物まではさせられませんわ。フォローも難しいですし。

　それに、王都の方がいろいろと器具が用意されていますからね、環境もいいですし。なによりも専門家もいらっしゃいますから、彼らにお任せしましょう。

裁判もありますのでちょうどいいです。おそらく極刑でしょうね。

禁止薬物。それも、寄生種から採取されたもの。

当然ですわ。あれが市場に流れれば、皇国は混乱するでしょう。歴史書の中では、その薬物によって国が滅んだと記されているほどですからね。


闇夜に身を潜める男たちの影。

その男たちの影に向かって、私は笑みを浮かべながら尋ねます。

「どこに逃げるおつもりですか？　ムヒト・グランハット」

彼らはグリフィードの国境近くに身を潜めていました。声をかけた瞬間、ウサギのように飛び跳ねます。ちっとも可愛くはありませんが。

「待ち人は来ませんよ、ムヒト・グランハット。ジョンと合流して、グリフィードに逃げるつもりだったようですね。原液さえ手元にあれば、いつでも商売を再開できますもの。でも、そうはいきませんよ」

ムヒトは一人ではありませんでした。数人の使用人と従兄弟と一緒です。一応、従兄弟に関しては調べてあります。実際何度か、ハンターギルドで会ったことがあります。なかなかの人物ですわ。少なくとも、ギルマスとは違って話のわかる方でした。

「まさか、貴方がここにいるとは思いもしませんでしたよ。副ギルマス」

そう声を発した時には、すでに騎士たちが国境を越えさせないように先回りし、立ち塞がっていました。その一連の流れる動作に、副ギルマスはこれが捕縛だと理解したようです。

「どういうことですか!?」

私がここにいる理由を知らないのか、副ギルマスは訝《いぶか》しげな表情をしながらも訊《き》いてきました。

それに比べ、ムヒトは明らかに動揺しています。対照的ですね。

「ムヒト・グランハット。禁止薬物の製造加工及び販売の罪により捕縛します」

その声と共に騎士がムヒトを押さえ付け、手早く腕輪と首輪を装着させました。

「禁止薬物って、なにかの間違いだろう？」

副ギルマスが焦ったかのようにムヒトを庇《かば》います。

調べでは仲がいいと報告を受けていましたから、そう思いたい気持ちもわからないわけではありません。が、今回に関しては間違いなく黒ですわ。

「間違いじゃありませんよ、副ギルマス。すでに精製所も制圧してます。仲間も捕縛済み。副ギルマスも王都までご同行お願いしますね」

彼にも念のために尋問を受けてもらいます。これから先も、ハンターとして仕事をするためにも。

副ギルマスは頷《うなず》きます。彼には首輪も手枷《てかせ》も着けませんでした。必要ありません。

「ムヒト、貴方の尋問は特に念入りなものになるでしょうね。貴方には訊《き》かなくてはいけないことがいろいろありますから」

視線を向けそう告げると、ムヒトは顔を歪《ゆが》め、私を睨《にら》み付けてきました。まぎれもなく、憎悪に満ち満ちた目でした。

彼が禁止薬物を精製した背景には息子と商会、家族を失ったこと、そして多額の借金を背負わされたことが理由だと簡単に想像できます。

でもそれは、子育てに失敗した自分のせい。完全な逆恨みでしょ。

「ふん、俺が喋《しゃべ》ると思っているのか」

開き直ってますね。魔法具を作動させていないので、まだ強気でいられるだけなのに。なんにせよ、自白はしていただけたようでなにより。

自信満々なムヒトを見ていると、私も楽しくなってきますね。

「せいぜい頑張ってくださいな。その方がこちら側も楽しめますので」

素直にそう答えると、ムヒトの顔が一段と表情が険しくなります。

「悪趣味なやつだ」

「自覚はしてますわ。いつまで、その強気が持つことやら」

そうですわ。いいことを思い付きました。王都に行く前に、シオン様の所に寄りましょう。

どうやら、ムヒトは息子が処刑されていると勘違いしているようです。ならば、きちんと訂正しないといけませんよね。


「あれ？　リベルは？」

先輩たちが檻の中にいないので、リベルは休みだと思ったのですが違うようですね。ちょうど、近くで作業していた兵士に尋ねました。

「リベルですか？　毒に侵されたので、ユナ隊長の所にいますよ。前から作っていた薬を試したいそうで。中級ポーションに毒消しの効果を付与してみたそうです」

新薬の治験ですか。なら、仕方ないですね。そっちの方が遥かに重要ですわ。

「リベルはユナ隊長の所ですか、残念ですね。でも、混合ポーションが実用化されたら、荷物もかなり減り、魔物討伐の効率がグンッと上がりますね。今から楽しみです」

荷物が減った分、武器やマジックポーションを多めに持てますからね。

……ユナ隊長、仕事復帰したようでホッとしましたわ。家族ですから、心配はしますよ。

「多少、無茶な攻撃もできますね」

兵士の言葉に頷《うなず》きそうになりますが、ここは注意しときましょう。混合ポーションも万能ではありません。所詮、薬です。

「それは駄目ですよ。でも、早く実用化してほしいものですね。そのためにも、リベルには頑張ってもらいたいものです。なんせ、成功しても、胃と腸が焼けただれたら本末転倒ですからね」

単体ではよく効く薬でも、混合すれば毒物になる。いかに、毒になる成分を抑えられるか、日々研究ですね。

「確かにそうですね」

「効いたとしても、同時にハイポーションを飲まないといけないなんて、効率悪すぎます。それに、激マズですし」

そんな話を兵士と笑いながらしていると、リベルの友だちが戻ってきました。

ナイスタイミングですわ。代わりに、友だちに大いに役に立ってもらいましょう。

後ろで転がっているムヒトを見れば、真っ青になってガタガタと激しく震えています。さっきまでは気丈でしたのに。やっぱり、血には弱いようですね、商人ですもの。激しくガタガタと身体が震えて、可哀想ですわ。

では、さらに追い込みましょうか。

「二人を連れてきてくださる」

話していた兵士に頼むと、彼は血で汚した服装の男と女を連れてきました。

この男女は、私の元婚約者とその恋人ですわ。お父様に貰ったので、有効利用しています。視点が定まっていませんが、彼らにかけていた魔法は上手く機能していますね。調整は必要なしでよさそうです。魔物にとって、視点が定まっていようがいまいが関係ありませんから。

「ムヒト、紹介しますわ。貴方の息子の友だちですよ。……聞いてます？」

「……」

震えるだけで、うんともすんとも言いません。構わず、私は説明を続けます。

「お仕事内容は、魔物を誘き寄せる囮《おとり》です。あっ、でもご安心ください。ちゃんと安全には配慮してますから」

そこまで言ってから、二人を下がらせます。私は腰を抜かして座り込んでいるムヒトの前にしゃがむと告げます。

「貴方もここで働く可能性があるのですよ。じっくり見といてくださいね。ほんと、リベルがいなくて残念だけど、すぐ会えますよ」

血を分けた息子が置かれた状況に、文句の一つでも言われるかもしれないと思いましたが、まったくなかったですね。

裁判でどうなるかはわかりませんが、あくまで可能性の一つですわ。でも、目の前の男には十分すぎる薬になったようです。恐怖を刻み込まれた者の目をしていますから。その恐怖は一生消えることはないでしょう。でもこれで、少しは素直になるはず。皇都での尋問がスムーズに進むでしょう。

「では、そろそろ王都に行きましょうか」

新人兵士と優秀な彼はここでお別れです。ちゃんと感謝の言葉を述べましたわ。できれば、コニック領にきていただきたいのですが、それは私の我儘《わがまま》ですわね。

ムヒトと手下のジョン。そして、関わったとされる者全員を、入手した証拠と共に私は尋問官に引き渡しました。ここからは、プロの彼らに任せましょう。彼らなら安心ですわ。

私は尋問官と一緒にいた宰相様に屋敷に戻る旨を伝え、早々と戻ってきました。まだ、やるべきことが残っています。

久し振りの我が家です。

さすがの私も疲れましたわ。ゆっくりとしたいのですが、余分な時間はありません。だけど、少し休まないと。軽食をとってから仮眠をとることにしました。正直、魔力を使いすぎました。膨大な魔力量があるといっても、底がないわけではありませんもの。

「少し休みます。夕方には起こしてください」

仮眠から目を覚ましたら、負けることができない戦いが始まります。

愛する男をかけた勝負がね――

・

「――それで、調べはつきました？」

身なりを整えた私は、お茶とサンドイッチをいただきながら、侍女に特別に頼んでいた調査結果を受け取ります。

「ふ～ん、なるほどね。あの年増女、やっぱりわざと近付いてきたわけね。それで、シオン様は？」

「それが、昼から見かけた者がおりません」

「そう……」

シオン様の性格から言えば、その行動一択しかありませんね。口では厳しいことを言っても、家族愛が深い方ですもの。ほっとけないでしょ。隊長たちに知られぬように処理しようと動きますね。もし、シオン様が年増女の再婚先を知っていたら……少しは、私のために行動してくれました？

そんなことを思うなんて、私にしては弱気ですね。

「どうなさいますか？」

侍女がわかり切ったことを訊《き》いてきます。

「もちろん、迎えにいきますわ。いずれ、夫婦となるのです。困難も喜びも共に味わわないと。秘密は共有しなくてはいけませんわ」

それに、私のものが私のせいで傷付けられるのは絶対許せませんわ。

「この私に、真っ向から喧嘩《けんか》を吹っかけたその心意気だけは褒めてあげましょう。さて、いきましょうか。完膚《かんぷ》なきまでに叩きのめしてあげますわ」

私の愛する男に、そして、私の愛する家族に手を出したことを後悔させてやりますわ。あの女が愛する息子の復讐《ふくしゅう》のために起こしたことでも、容赦はいたしません。互いの矜持《きょうじ》が許さないでしょう。

これは私と年増女との一騎打ちの勝負なのです。引くわけにはいきませんわ。

シオン様の魔力を追って着いたのは、古びた洋館でした。市井《しせい》から外れています。いかにも、お化け屋敷のような佇まい。間違いありませんわ、ここにシオン様はいます。

「貴女はここで待機を。私一人で行きます。ついてくることは許しません、わかりましたね」

侍女に深く釘を刺しました。

さて、ただのセリア・コンフォートとして、愛しい人を迎えにいきましょうか。身勝手な行動をとったことも怒らないといけませんからね。

出入口には誰も立っていません。扉にも細工はありませんでした。屋敷内にも人の気配は一切なく、灯り一つ点いていない。月明かりが照らす中、私は足を止めることなく先に進みます。屋敷内の一番奥に、人の気配がしました。気配は二つ。おそらく、ジュリアとシオン様でしょう。私はためらうことなくドアを開けました。

ベッドの脇に置かれたスタンドの仄《ほの》かな光だけで、今なにが行われようとしていたかわかります。

「あら、意外に早く来たわね」

悪びれもせず、妖艶な笑みを浮かべながらジュリアは告げます。

「そう。時間指定がされていなかったので、早めに来てしまったけど、お邪魔だったかしら」

本当は腸が煮えくり返りそうなんですが、ここはあえて余裕な表情をしながら答えます。

「あと一時間遅ければ、きちんとしたおもてなしができたのに、残念だわ」

それは、どういう意味かしら。

「早くシオン様の上から退きなさい、年増女‼」

そう怒鳴りたいのを必死に我慢します。感情を乱した方が負けですわ。

「それは残念なことをしたわ。ところで、招待客は私だけなのかしら。屋敷内、誰もいらっしゃらなかったようだけれど」

「貴女のお相手ができる者などいないでしょう」

やっぱり、この女、シオン様を道連れにするつもりのようね。

私の最愛の人を私から奪う。私がこの女から奪ったように。

でもそれは、この女の息子が犯した罪のせい。いわば、自業自得。

しかし、ジュリアには通じないでしょう。私が奪った、その真実が、この女の事実なのだから。

「一つ聞いてもいいかしら？」

「いいわよ、なに？」

「貴女にとってリベルが息子であったように、隊長たちは自分の子供ではないのですか？」

わかっていながらも尋ねます。

ジュリアは一瞬眉を顰《ひそ》めましたが、すぐに感情がこもらない笑みに戻ります。

「私の子供はリベルだけよ」

はっきりと、そう女は断言しました。

「わかったわ。貴女がそう言ってくれたおかげで、私は貴女をためらいなく裁けますわ」

私がそう告げると、ジュリアはおかしそうに笑い出しました。まるで、箍《たが》が外れたみたいに。女がなぜそこまで強気なのか、私にはわかっていました。

この女が用意した最強の武器――

その武器で、すでにシオン様の身体を貫いているからです。現に、シオン様はピクリとも動けないでいる。その事実が、この女を強気にしていた。

勝機を確信していたからこその強気。

「裁く？　この私を？　貴女が？　あ～おかしい。あんまり笑わせないでよ」

どこまでも余裕な女。

「それはごめんなさいね。厚塗りの化粧に切れ目ができるものね」

その台詞《せりふ》に、ジュリアがキレた。

「さっきから、余裕ぶってるけど、あんたの愛しい男はすでに私のモノなのよ!!　そうね、もう人であることもなくなったんじゃない。残念だったわね」

顔を醜く歪《ゆが》め笑い続けます。そこにはもう、妖艶な美女はいませんでした。

そんな女を見つめる私の口元に笑みが浮かびます。それを見た女から笑いが消えました。

「なぜ、あんたが笑うの……？」

ジュリアの質問には答えない。答える必要がありませんから。

「それは、貴女がシオン様に原液を使ったから？　だったら、それは残念でしたね」

笑みをますます深めます。

さぁ……私の大切なモノに手を出したことを心底後悔させてあげますわ。

「どういうことよ!?」

余裕な表情を崩さない私に焦りの表情を見せる、ジュリア。

そろそろ答えを教えてあげようかしら。

「シオン様の心臓辺りをご覧なさいな」

ジュリアはその声に、慌ててはだけた上着をさらにはだけさす。

「なっ!?」

「気付きました？　状態異常を無効化する術式ですわ。簡易的なものだったので、完全に無効化はできなかったようですけど。ちょっとした媚薬程度ですわね。そうでしょ？　シオン様」

「ああ」

私の声に反応するシオン様。少し苦しげですが、返事ができるようで一安心ですわ。さすがに、原液をそのまま使うとは思いませんでした。

原液を匙《さじ》半分で、人格は完全に崩壊します。匂いだけでもきますよ。取り扱う側もそれなりの覚悟がないと。この屋敷に入った瞬間から、匂ってましたからね。

反射的にベッドから飛び降りるジュリア。

ゆっくりと体を起こすシオン様を見て、驚愕《きょうがく》してますね。

「貴女は、シオン様をおびき寄せるために、その香水を使ったようですけど、それは悪手でしたわね。私もその匂いに気付きましたから。でもまさか、原液を使うとは思いませんでした」

貴女は自分の命をかけたのですね。

「……全てあんたの掌《てのひら》の上だったの」

その場に座り込むジュリア。私はシオン様がいるベッドに近付く。

起き上がったシオン様の胸を軽く押し、もう一度寝かせました。体に力が入らないのでしょう。抵抗はありませんでした。珍しく驚いた表情をしてますね。私はシオン様に微笑みかけると、状態異常を治す魔法をかけました。だけど、完全に治しはしません。

目を見開くシオン様。私はそんなシオン様を見下ろしながら、にっこりと微笑みます。

私、少し怒ってますの。

私の怒りに気付いたのか、シオン様は大人しくしています。

シオン様へのお仕置きは全てが終わってからですわ。

私は意識をジュリアに戻しました。女の呟《つぶや》きに答えます。

「それは違いますわ。貴女と初めて会った時点で、私は貴女の正体を知りはしませんでした。ただ、最悪を回避する策を講じただけですわ。貴女が私を憎んでいるのはわかっていましたから」

呆然《ぼうぜん》と私に視線を向けるジュリアに、私はにっこりと微笑みながら続ける。

「ほんとに目は正直ですよね。あんなに殺気がこもった目で見られたら気付きますよ。……ここだけの話、私は別にシオン様の人格が崩壊しても構いませんの。だってどんな姿になっても、シオン様はシオン様でしょ」

「異常だわ。そんな男のどこがいいの⁉　血塗れの戦闘狂でしょ‼」

「血塗れ？　戦闘狂？　全然構いませんわ。だってそれは命をかけて、この国を護ってくれているってことではありませんか？　誇りに思うならまだしも、なぜ忌み嫌うのです」

「……私はそう思えなかったわ」

「でしょうね」

そう思えたなら、子供を置いて出ていきはしなかったでしょう。

その声はとても小さかったが、はっきりと聞こえました。

「私を殺して」

「そんなに、リベルの所に行きたいのですか？」

「ええ。あんたを絶望に叩き込んで、それを手土産《てみやげ》にしてやるつもりだったけど、失敗しちゃったわ」

自嘲気味に笑うジュリア。

この女にとって元夫も、私をおびき出す餌にすぎなかった。私を地獄に叩き込むための。

「いいえ。貴女を殺しはしません。貴女は裁きを受けなければなりません。この国は法治国家なのですから」

「ほんとに良い子ちゃんね。まぁいいわ、死ぬのが少し延びるだけだから。確かに私は負けたけど、あんたを許しはしない。絶対にね」

その目には光が戻っていました。

「私も貴女を忘れはしませんわ」

貴女が発した言葉とその目を――

ジュリアは特に抵抗もせずに捕まりました。後日、王都に送られるでしょう。

原液を盛られたシオン様は、ふらつきながらもなんとか歩いていています。媚薬の効果はまだ続いてますね。これはお仕置き。一晩我慢すれば大丈夫くらいの、わずかな量ですのでご安心を。

屋敷を出ると隊長たちが皆揃《そろ》っていました。やはり、心配だったのでしょう。それが家族というものですわ。それに、内緒にしてても今連行されているのが、実の母親だと知っていたのかもしれません。隊長たちの表情からは窺《うかが》い知ることはできませんが、自分の気持ちを隠すのに長《た》けている方たちなので、なにも訊《き》けないでしょう。

「シオン様」

私の声にシオン様は振り返ります。

「一旦王都に戻ってからグリフィードに行かなくてはなりません」

「そうか。迷惑かけたな、セリア」

そうバツが悪そうに答えるシオン様は、かなりの破壊力がありました。金槌で頭を殴られるくらいには。これが、大人の魅力ってやつですね。

目元が赤く染まり、媚薬のせいか、薄っすらと全身に汗をかいていらっしゃいます。息も少し荒い。

「シオン様。まだお仕置きは済んではいませんよ」

にっこりと笑うと、シオン様が若干たじろいでいます。

一歩下がるシオン様。一歩進む私。

途端にシオン様の体温が上がります。顔もますます赤くなってきました。

「この状態がお仕置きじゃないのか？」

息もわずかに上がってますわね。

「辛いですか？　媚薬が効いてますものね。一晩で切れる量なのでご安心を」

「ああ……」

シオン様は戸惑いながらも返事を返します。それが可愛く見える私は、かなりの重症ですわね。

私はこの前と同じようにシオン様の上着を両手で掴《つか》むと、自分の方に引き寄せました。体にまだ力が入らないのでしょう。抵抗もなく、シオン様は前屈みになります。

近くなる距離。

今まで何度もこの距離感はありました。でも、こんなにも鼓動が速くなるなんてありませんでした。顔が熱くなります。それでも、私は掴《つか》んだ手を離しません。この辛さがとても心を満たしてくれます。幸せでいっぱいですわ。

どうして、あんな大胆なことができたのでしょう。しでかす前も、しでかしたあともわかりません。ただ……自然と体が動いていました。

私は目を閉じると、シオン様の少し荒れた唇にキスをしていました。

目を見開くシオン様。

そんなシオン様ににっこりと微笑みかける私。外野から奇声が上がるけど聞こえません。

「キスの最中に目を開けるのは、マナー違反ですよ、シオン様。……お仕置きがこれで終わりって、いつ私が言いました？」

掴《つか》んでいた手を離します。シオン様は固まったままですね。ほんと可愛いですね。そんなシオン様の頬にもう一度キスをしてから、私はシオン様から離れます。

「それじゃあ、行ってきます」

固まったままのシオン様と混乱する現場を残して、私は王都に戻りました。

☆　★　☆

「お久し振りです、シオン様」

一か月振りですね。

ちょっと疲れ気味ですが、その様子にかえって哀愁が漂っていて、少しいえかなり、心臓がバクバクしていますわ。そんなに魅力を他者に振りまいてどうなさるのです。

「……」

いつもならなにか言ってくださるのに、今日はなにも言ってはくださいませんね。

「どうかしましたか？　シオン様」

さっきから黙ったままですね。気になって首を傾げます。

すると、突然目の高さが上がりました。いつもの子供抱っこです。

「明日まで仕事を休む。いいな」

そう部下に言い付けると、私を抱っこしたまま砦《とりで》を出ていきました。それも無言で。

「どうしたんですか？　シオン様」

いつもと違う様子に慌ててしまいます。私は選択を間違えたのでしょうか。なにか怒らせるようなことをしたのでしょうか。それとも、私のキスは嫌だったのでしょうか。マイナスの考えだけが頭をよぎります。

その間もシオン様は私を抱っこしながら砦《とりで》内を進み、皆、無言のまま道を開けてくれます。かなり恥ずかしいですわ。

実は……クラン君の助言を思い出して、会うのを控えていました。例の禁止薬物の後処理もあり、忙しかったのも事実です。なので、実践するにはちょうどよかったのです。

思い返してみれば、私はずっと押し続けていました。これでも反省はしているのです、シオン様に気持ちを押し付けていたのだと。やっぱり、怒らせたようですね。

無言のまま馬に跨《またが》り、連れてこられたのはシオン様の屋敷です。隊長たちは仕事で屋敷にはいませんでした。執事の挨拶《あいさつ》も無視して進みます。もちろん、その間も抱っこは継続中です。シオン様はご自身の部屋の扉を乱暴に開けると私を一旦ソファーに下ろし、短く「ここにいろ」と命令し奥に消えてしまいました。

なにが起きたか把握できないまま、約五分が過ぎた頃、シオン様が戻ってきました。髪の毛が濡れたままです。上半身ほぼ裸です。

汗を流していたんですか⁉　汗を流すのは悪いことではありませんわ。でも、なぜ今なのです⁉　こういう場面では、さすがの淑女教育も一切役には立ちません。心臓が破裂するかもしれないほどバクバクし、全身の熱が顔に集まります。体温が上昇し、汗が噴き出します。汗を流したいのは私の方ですわ。

ここまできても、シオン様は無言のままです。泣きそうになりますわ。

「……シ、シオン様⁉　やっぱり怒っているのですか？」

またしても抱っこされます。慌てて尋ねても、返事はありません。

ほんと、泣いてもよろしいですか。

そのまま運ばれたのは寝室です。そして、ベッドに下ろされました。

さっ、さすがにそれは駄目です。まだ婚約も交わしていないのですよ。それなのに――

頭の中でいくら叫んでも、混乱しているのか口には出てきませんでした。「えっ」とか「あっ」だけです。

その間に、シオン様に押し倒され、気付いた時は向かい合う様に抱き締められていました。

「怒ってる。だから、しばらくこのままでいろ」

短く命令されます。次に、聞こえてきたのは規則的な息づかい。

もしかして、寝ていますか……？

間違いなく寝ていますね。シオン様の寝顔をこんなに間近で見たのは何年振りでしょうか。あの時はシオン様に対して、こんな感情を抱くなんて思ってもいませんでしたわ。

でも、後悔はありません。だって、こんなにも満ち足りて、幸せなんですもの。

抱き締められているので、シオン様の心臓の鼓動が聞こえてきます、ドクドクドクと。その音を聞いていると、私も眠たくなってきましたわ。

どれくらい時間が過ぎたのでしょう。目を覚ますと、一瞬自分がいる場所がわからなくなりましたが、すぐに思い出しましたわ。顔が真っ赤になります。

そう!!　とうとう、私はシオン様と同衾《どうきん》しましたのね。やりましたわ。既成事実ゲットですわ。これで、婚約まっしぐら。いえ、結婚まで一直線です。ガッツポーズしてしまいました。クラン君のおかげですわ。あっでも、肝心のシオン様はどこに？

「……起きたのか？」

振り返ると、軽装のシオン様が立っていました。どこか、そわそわしています。

あまり見ないシオン様にドキドキです。どこまで私を魅了するのでしょう、シオン様は。

「おはようございます。シオン様」

「ああ。悪かったな」

「なにがです？　私はとても嬉しいですわ。シオン様の役に立てられたのですもの。目の下の隈、少し取れましたね」

ベッドから下りると、シオン様の顔を下から覗《のぞ》き込みます。

「…………お前はどうして……」

シオン様が頭を抱えてます。

「シオン様？」

「セリア、お腹空かないか？」

脈絡のない質問に戸惑いながらも答えます。

「少し空きましたわ」

「なら、お茶にしよう」

「はい!!」

シオン様とのお茶です。

周囲に肉塊が転がってはいません。別に市井《しせい》でもいいですが、二人きりのお茶もなかなかいいものです。いいものなのですが……この体勢は？

「あの……シオン様。一人で食べられますわ。それに……これは……」

硬い太ももの上に横向きに座らされ、雛鳥のように餌付けされています。さすがに恥ずかしいですわ。下りようとしても、腰をガシッと掴《つか》まれているので下りられませんし。

訴えたら、「駄目か？」と傷付いた表情をされるので、とても言いがたいですが、ここははっきりと言わないといけませんよね、今後のためにも。

「シオン様。そんなに私を甘やかさないでくださいませ」

「嫌なのか？」

声も沈んでいます。

ウッ!!　しっかりなさい、私。

「嫌ではありませんわ。ただ、とても恥ずかしいのです。いたたまれないのです」

必死で訴えます。

「嫌ではないんだな。だったら、我慢しろ」

「シオン様って、甘やかすタイプだったのですか？」

意外ですわ。今まではさり気なく、やや乱暴な甘やかし方だったのに。子供と恋人は違うのですか。

「どうやら、そうだったみたいだな。俺も意外すぎて驚いている」

「そうなのですか。ということは、私が初めてですか？」

「ああ、初めてだ」

耳まで真っ赤になってますね。私も同じように赤いと思います。茹《ゆ》だりそうなほど、顔が熱いから。

「シオン様。とても嬉しいですわ」

自然と笑みが浮かびます。

私を見て、なぜか固まっているシオン様の頬に手を添え、私はゆっくりと顔を近付けます。重なった唇を少しだけ離してから、私は囁《ささや》きます。

「シオン様。愛してますわ」

「お前は‼」

真っ赤な顔で怒っても怖くはありませんわ。再び顔を寄せようとした時でした。

「なにしてるんだ⁉　シオン‼」

しようとしているのは私ですよ。

別の意味で固まるシオン様。投げかけられた言葉の声の主を知っているから……男性の声は、少しだけ殺気が混じってます。

「来るのは構いませんが、タイミングを考えてくださいませ。お父様」

さすがに殺気は含みませんが、応じる私の声はとても冷たかったと思います。だって、ようやくここまで来たのですよ。ほんと、お父様邪魔です。恨みますわ。

「セリア。シオンと二人きりで話がある。悪いが場を外せ」

お父様の視線がシオン様の太ももの上に座る私を射抜きます。まっすぐ視線が合わさります。どうやら、本当にシオン様に用事があるようですわね。ただの嫌がらせで来たわけじゃないのなら、仕方ありません。

「わかりました。でも、その前に」

固まったままのシオン様に軽くキスをしてから下りました。

私がキスした瞬間、背後からブチッとなにかが切れる音がしましたが、当然無視ですわ、無視。

久し振りの恋人（仮）の逢瀬を邪魔したのですから、それぐらいは我慢してくださいませ。

「今日はこれで帰ります。今度は陽が暮れてから伺いますね。シオン様」

同じ同衾《どうきん》でも、昼と夜は大きいですわ。できれば夜に、そう考えていましたのに、お父様とシオン様に反対されましたわ。

「「それは駄目だ」」

ハモるなんて、本当にお父様とシオン様は仲がいいんだから。ちょっと羨ましいですわ。

「なら、いつからならいいのですか？　お父様」

ずっと我慢は嫌ですわ。

「正式に婚約を交わし、成人してからだ」

「ということは、認めてくださるのですか!?　私たちの婚約を!!　嬉しいですわ!!」

「いや、まだ、正式に返事を受けていないからな。こいつからの」

そうですわね、太ももの上に乗せられても、シオン様の胸の内を一度も聞いていませんわ。

お父様の台詞《せりふ》にシュンとしてしまいます。

そもそも、婚約も結婚も一人でするものではありませんもの。それに、待つって、この前シオン様と約束しましたし、ここで焦るのはやめましょう。

「わかりましたわ。来るのは、陽が出てからにします。では、私は戻りますが、くれぐれもシオン様を虐《いじ》めないでくださいね、お父様」

「ああ。わかってる。殺しはしない」

お父様らしい言い方ですね。

「では、帰りますね」

私は転移魔法で学園に戻りました。


「時間があれば、おじ様に会いにいってるってほんとなのね？」

やや呆《あき》れた口調でそう話しかけてきたのは、親友のリーファです。

ちなみに、おじ様というのはシオン様のことですわ。

「ええ。だって、会える時間は限られていますもの」

仕事と学業の合間。ほんのわずかな時間しか取れません。でも、積み重ねれば結構な時間になると思いますの。リーファに話しかけられなければ、今から行こうと思ってましたわ。お父様の話も気になりますし。

「そうよね、私もセリアを見習わないと……セリア。一、二時間、私に時間をくれない？」

「どうかしたのですか？」

なにか思い詰めている様子のリーファに、私は尋ねます。

シオン様も大事ですが、同じようにリーファも大事です。その親友が、思い詰めた表情をしているのです、心配して当然ですわ。

「買い物に付き合ってほしいんだけど……」

返ってきた台詞《せりふ》は少し考えていたものと違いましたが、全然構いませんわ。

「それは全然構わないけど、買いたいものってなんなのかしら？」

「それは、セリアにも必要なモノよ」

「私にも？」

「そう、セリアにも。耳を貸して」

リーファが耳元で囁《ささや》きます。

「下着を買うのに付き合って」

「なっ⁉　し――」

咄嗟《とっさ》に口を塞がれました。リーファのおかげで叫ばなくて済みましたわ。叫びそうになったのもリーファのせいですけど。

「どうしてですの？」

思わず、小声で尋ねます。あっその前に、スミスとクラン君に退室してもらいました。話の内容が内容だから。

「相手が自分よりかなり年上だと心配にならない？」

なぜ、リーファがそんなことを訊《き》いてくるのかわかりませんが、素直に答えます。

「それは……いろいろありすぎてわかりませんわ」

そう答えると、リーファに肩をポンポンと叩かれました。

もしかして、慰められてます？

「セリアも苦労してるのね……」

「リーファ？」

「それなりに、大人だからそういう人がいてもおかしくないってわかってるのよ。でも、心配じゃない？　だって、相手から見たら私って子供でしょ。だから、必要なの!!」

いきなり興奮してどうしました？　ん？　まさかリーファもですか。

「リーファ。そういえば、一度も婚約者の話をしたことがなかったけど、もしかして、リーファの相手って年上ですの？　それも、かなり上の？」

頭に浮かんだ推測を口にします。

「ええ、二十歳年上。それも再婚。元奥さんは病死、子供あり」

当たりでしたね。公爵令嬢であるリーファと釣り合う相手でその条件に合う人物って、一人しか思い付きません。

「……もしかして、私、会ったことあります？」

「あるわ」

「セフィーロ王国国王陛下？」

「正解」

驚きましたわ。でも、叔父と姪の関係ですよね。

「私のお父様と国王陛下は血が繋《つな》がっていないの。簡単に言うと、先代の国王陛下が妊娠している女性を娶《めと》ったの。あっ、無理矢理じゃないわよ。それに妊娠も知った上でね」

貴族では珍しいですね。

「リーファは国王陛下が好きなのね」

そう言うと、リーファの顔は見る見る真っ赤になりました。とても可愛いですわ。

「……向こうはどうかわかんないけどね」

これ以上言うと、拗《す》ねてしまいますね。

「それで、なぜ下着に繋《つな》がるのです？」

「だって、どう見ても私たちって子供でしょ。大人の魅力にはかないっこないわ。だからせめて、外側から攻めないと」

「それが下着ですの？」

そう尋ねると、リーファがグイッと顔を寄せてきました。

「もし、もしよ。そういう雰囲気になった時にね、子供下着はまずいと思わない？」

た、確かに、リーファの言う通りですわ。正直、そこまで考えていませんでしたわ。この前、一緒に寝た時はなにもありませんでしたが、不可抗力で下着を見られる可能性もあったわけですよね。迂闊《うかつ》でしたわ。私としたことが、そこまで頭が回っていませんでした。

「リーファの言う通りですわ‼　今すぐ買いにいきましょう」

いきなりやる気になった私に、リーファが押されながらも尋ねてきました。

「もしかして、なにかあった？」

「それは今度、ゆっくりと話しますわ、リーファ。でも今は下着ですわ、下着。何着必要かしら？」

今日のデートはお預けですね。より魅力的な女性になるための大事な時間に費やしましょう。

「ならば、私もご一緒いたしましょう」

力強い味方が背後から現れました。侍女です。元暗部の彼女がいれば大丈夫ですね。

久し振りの親友とのお出かけは、とっても楽しかったです。だけど、

「はぁ〜」

下着を買い終えて、噂のパンケーキのお店でお茶を飲む私の口から、盛大な溜め息が出ます。

ショックで完全に放心状態。そんな私に、リーファが声をかけてきました。

「そんなに落ち込むことないでしょ」

「リーファはいいですわ。出るところ出て、引っ込んでるところは引っ込んでるのですから。大人下着も、さぞかし似合うでしょうね」

同じ歳で不公平ですわ。リーファに引き換え私は、細い木ですから。痩せていて、ストンです、ストンなのです。凹凸がまったくありません。なので、大人の下着が壊滅的に似合わないのです。従って勧められるのは、自然と可愛い系ばかり。それならば、たくさん持ってますわ。まぁでも、それなりの量を買いましたけど。

もちろん、リーファは大人下着を多数購入しましたわ。なかには、かなり際どいものもありました。「本当に着るのですか?」って、尋ねたほどです。

ぼやき続ける私に、

「今、成長期なんだから、ちゃんと育つわよ」

苦笑しながらリーファは答えます。

「成長しなかったら？」

ジト目で返します。そんな私に、さらにリーファは苦笑を深めます。

「セリアのおじ様は、セリアを愛してるんでしょ」

言葉にはされてはいませんが、態度から愛されてるとは思っています、ちゃんと。

「まぁそれなりには」

「だったら、落ち込むことはないわよ。過去はどうであれ、今はセリアのような可愛い幼女系が好みなんだから」

幼女系ですって!!　聞き捨てなりませんわね。

「喧嘩《けんか》売ってます？」

「売ってないわよ。ただ、羨ましいなと思っただけよ」

「羨ましい？　どこがです？」

「全てかな……私、ずっと可愛い系に憧れていたのよね。その点からいったら、セリアなんて私の願望そのものよ」

「この幼児体型がですか？」

どこに憧れる要素があるのですか？　私はリーファの体型に憧れますわ。

「そうよ。セリアも知ってるけど、私って可愛い物好きでしょ。この容姿で可愛い物を愛でると、必ず変な目で見られるのよね。貰うプレゼントも宝石とかの装飾品ばかり。親でさえそうよ」

「私と正反対ですね。なぜか貰うのは、人形とか可愛い系が大半ですわね。装飾品も可愛い物ばかりですわ」

「でしょう？　それに前王妃様は、とても大人びて美しい方だったと聞くわ。つまり、同じ種類の土俵に立たなくちゃいけないのよ。それに、前王妃や彼女が亡くなった後に付き合ったのは、皆綺麗系の大人びた人ばかりなのよ。これがどういう意味かわかる？」

「ライバルが多いってことかしら？」

だから、リーファは必死なのですね。

「その通り!!　その点、セリアにはライバルがいないじゃない？」

「そうですね。シオン様の前の奥様は妖艶系の美女でしたわね」

「でしょ。つまり、比べられる存在がいないのよ。それって、すごくラッキーだと思わない」

考えてみればそうです。まさに目から鱗《うろこ》ですわ。発想の転換ですわね。

「ありがとう、リーファ。元気になりましたわ」

リーファのおかげで私は復活できましたが、肝心のリーファはまだですわ。

どうしたら、その心の靄《もや》が取れるのでしょう。

「ならば、リーファ様はギャップ萌えを狙えばよろしいのでは？」

ずっと私とリーファのやり取りを黙って聞いていた侍女が、一つ提案してきました。

「ギャップ萌え？」

「はい。綺麗系の大人びた人の中で、可愛い物好きは一つの武器になると思います。可愛い物を愛でる時のリーファ様は、それは可愛らしいお姿です。それを陛下に見せるのです。陛下の中で、リーファ様の印象が色濃く残るのではないでしょうか？」

侍女の言葉に、リーファが唖然としています。それから、わなわなと震えます。

「それに、無意識ですが、セリア様も実行されています」

「セリアが？」

まじまじとリーファが私を凝視します。

「私はそのようなことをしてませんが」

「しています」

否定したのですけど、きっぱりと断定されてしまいましたわ。

「このような可愛らしい、愛らしい子供のような容姿で、攻めに攻めて、ついには陥落させました。子供と思っていた男性をです。最高難易度Sランクを落としたのです」

「そうなのですか？　私はただ必死だっただけですわ」

訂正します。それを狙ったわけでは決してありません。

「セリア!!」

リーファが身を乗り出してきました。それから、私にこう言ったのです。

「私の先生になって!!」

先生ですか……なれるかどうかはわかりませんが、ここはリーファのために一肌脱ぎましょう。

でも、なにをすればよいのでしょう。

「私がご教授いたします」

侍女の凜《りん》とした声、隣に心強い味方がいましたわ。

　ここ最近、シオン様は忙しそうですわ。別に不満があるわけではありません。だって、仕事をしているシオン様を見ているのもなかなかいいものですから。真剣なシオン様の横顔、やっぱり格好いいですよね。

「あんまり見るな。集中できん」

　見つめすぎましたか。ほんのり赤くなる耳がとても可愛らしいですわ。

「それは無理な相談ですわ。格好いいシオン様が悪いのですから」

　ソファーに座って答えます。そんないつものやり取りをしていると、いつの間にか人がいなくなります。普通に会話を楽しんでいるだけなのに。

　仕方ありませんね、代わりに私がお茶を淹《い》れましょうか。結構上手に淹《い》れられるんですよ。

「少し休憩してはいかがですか？　あまり根をつめると、集中力が落ちますよ」

「そうだな」

　この瞬間のシオン様の微笑みは、私にとって褒美でしかありませんわ。頑張って仕事を済ませたかいがあります。

　でも、これだけは今も慣れませんわ。当たり前のように膝の上に横抱きで座らされるのは、顔が近付きすぎるのですもの。シオン様の匂いをとても身近に感じます。まるで全身を包み込まれたような。

「余計に疲れませんか？」

「いや、とても癒やされる」

そんなことを言われたら、嫌とは言えませんわ。ほんとに、シオン様はズルいですわ。

「そういえば、シオン様の誕生日来月でしたよね。なにか欲しいものありますか？」

私の質問にシオン様は眉を寄せます。それを見て、苦笑する私。

「ほんと、相変わらずですね」

昔からそうでした。シオン様は物欲がないのです。

とはいえ、贈ったプレゼントは嬉しそうに身に着けたり、使用したりしてくれますけど。

でも、今年は特別です。私とシオン様の関係が変わった年ですもの。特別なものにしなければなりませんわ。なにをプレゼントしようかと考えていると、ポツリとシオン様が呟《つぶや》きます。

「……欲しいものはある」

「欲しいものがあるのですか!?」

あの物欲皆無のシオン様がですか!?　それはなんとしても訊《き》き出さないと。

「なにが欲しいんです!?」

つめ寄ると、少ししまったというような表情をするシオン様。

「悪いが、それは、今は手に入れることはできない。だが、いずれ手に入れられるから問題ない」

いったいそれはなんですか？　尋ねられる雰囲気ではありませんね。

「……そうなのですか？」

とても気になりますわ。これはこっそりと調べないといけませんね。

知っています？　シオン様。

ここに、貴方の言葉一つに左右される人間がいることを。少し不安で、でも幸せで。これからも、こんな気持ちが続くんですね。

そして、今日はシオン様の誕生日当日。

「本当に、このようなプレゼントでよかったのですか？」

そう問いかけたのは、もはや、膝の上が定位置になりつつある私です。少しでも下りようとしたら、ガシッと腰を掴《つか》まれてしまうので結局下りられません。無駄な抵抗は疲れるだけです。

シオン様が欲しいものを調べても結局わからず、悩んだ末相談したら全員に生温かい目で見られてしまいました。そして皆同じ台詞《せりふ》を言うのです。

「いずれ、手に入れられるんだから、今はいいんじゃない」と。そのいずれって、いつなんでしょう？　手に入れるってなにを？

結局、シオン様の誕生日プレゼントは皆の意見とシオン様の意見を取り入れて、一日一緒にいることに決まりました。それでも、プレゼントは用意しましたよ、ケーキとかいろいろね。市井《しせい》にデートでも行こうかと考えていたのですが、屋敷で過ごしたいそうです。なので、ダラダラとシオン様の膝の上で過ごしてます。

本当に、このような誕生日プレゼントでよかったのでしょうか？

「ああ。とても安らげる。本当にいいプレゼントを貰った」

そう微笑まれては、これ以上なにも言えませんね。ずっと近くで見てきたのです。それが、気を使って言ってるかどうかぐらいわかりますわ。私的にはいろいろ不満がありますが、シオン様の機嫌がとてもいいので、これで良しとした方がよさそうですね。

「シオン様。してほしいことがあればなんでも言ってくださいね。なんでもしますから」

そう耳元で囁《ささや》いたら、またも耳がほんのり赤くなりましたわ。なにを想像しました？　実は、私、これを見るのが好きなんです。なので、近くで堪能させてもらいます。

「お前な……俺の苦労も知らんと、いつも煽《あお》りやがって」

煽《あお》る？　もしかして、私のような幼児体型に興奮してくれてるのですか？　だったら、とても嬉しいですわ。

「シオン様。もしかして、私の体に興奮してるのですか？　できるのですか？」

「どういう意味だ？　できるに決まってるだろうが。現に――」

途中で言うのをやめるシオン様。その口調は少し乱暴でした。

「現になんです？」

シオン様の目を見つめたまま尋ねます。

すると、視線を逸らされました。完全に首筋まで真っ赤です。

「……ったく、お前ってやつは!!　俺が必死で我慢してるっていうのに。どうして、そうも煽《あお》ってくるんだ？」

　怒られてしまいました。

「別に煽《あお》っているつもりはないのですが、ただ気になっていたので」

「なにが気になるんだ？」

　至近距離で見つめられると、緊張しますわね。する方はそれほどでもないんですが。

「……言ってもいいんですか？」

「言ってみろ」

「シオン様の好みは、出るところが出て、引っ込んでるところが引っ込んでる人ですよね」

「はぁ～なにを言ってるんだ？　セリア」

　少し怒ってますね。誕生日にする話題ではありませんでしたわ。

「だって、シオン様が付き合った女性は皆、そんな女性ばっかりだったから、私に対して興奮してくれるか心配で!!」

　素直にそう告げると、シオン様は盛大に溜め息を吐きました。

「安心しろ。俺はセリア、お前に興奮している。お前が成人してきちんと婚約をしているのなら、間違いなく俺は手を出している」

　それはそれで問題なのでは？　でも、気にはしません。

「本当ですか？」

「ああ」

初めて見るシオン様の顔です。

「愛してます。シオン様」

私は目を閉じ、自分からシオン様に顔を寄せます。

「俺も愛している」

キスをする直前、シオン様が初めて「愛している」と言ってくれました。態度からシオン様の気持ちはわかっていましたが、言葉にされるといろいろきますね。涙ぐんでしまいます。

シオン様の誕生日なのに、反対に私が一番嬉しいプレゼントを貰ってしまいました。

心から幸せです、シオン様。

私とシオン様が幸せを噛み締めていた、まさにその時でした。

ここから遠く離れた場所で、ひっそりと終わろうとしていた命が二つあったのです。


その日は、季節外れの雨が昨晩から降り続き、どんよりと曇った日でした。

訃報が届いたのは午前中。いつもと同じように仕事をしている最中でした。

運命の終わりは、いつも唐突に訪れます。病気に事故、そして自死。

唐突と言いましたが、少し違うかもしれません。

私は知っていました。近い日に訃報が届くことを――

この前の禁止薬物の件で、グリフィード王国の貴族が深く関わっていると発覚。捕縛の許可を貰いにいった時です。若き国王陛下と先輩である王妃殿下の姿だけが、色を失い全身灰色に視えました。

家族かシオン様以外知らない、私の秘密。でも、側近のスミスと侍女は知っているでしょうね。黒炎の魔女と呼ばれているお母様のスキル【魔眼】の一部〈死期の近い者を視る能力〉を引き継いで生まれてきたこと。

死期が近い者は皆全て灰色に視えます。普通の景色を見るように、灰色に。能力を消すことも封じることもできませんでした。お母様をもってしても。

未来を変えられるのなら、私は力を惜しまないでしょう。幼い時は納得いかずに、何度も必死で未来を変えようとしました。でも、どんな方法を用いても、死に関する未来だけは絶対に覆ることはありませんでした。

コンフォート皇国の代表として、お父様とリムお兄様が参列しました。セフィーロ王国からは、国王陛下と婚約者であるリーファが参列しています。

学園も訃報を聞き、今日から三日間喪に服することにしました。当然、授業は休みです。魔の森の探索も最低限だけになります。

「……静かですね」

クラン君が書類を整理しながら呟《つぶや》きます。

「そうですね」

会話が続きません。ペンを走らせる音だけが響きます。

「これで最後ですか？」

書類をスミスに渡しながら尋ねます。

「はい」

「では、後を頼みます。なにかあれば、至急連絡を」

「畏《かしこ》まりました」

私は普段着の上からローブを羽織り転移魔法を発動させます。いき先は決まってます。

「シオン様……」

シオン様は屋敷にいました。窓から外を眺めています。たまたま今日が休み。いいえ、違います。

たぶん、シオン様は二人が亡くなったことを知っていた。

「おいで」

私が来たのに気付くと、両手を開いて呼んでくれました。

小さい頃から続く、私とシオン様の儀式のような行為です。

灰色の人が亡くなると、シオン様が慰めてくれました。何度も何度も。

その言葉に導かれるように、私はシオン様の胸に飛び込みます。そして、気持ちを吐露するように大声で泣きました。この時は皇女もなにもない。ただのセリアとしてシオン様は優しく私を抱き締めてくれます。その温かみに、必死で私は縋《すが》りつきます。そうしないと、ポッカリと大きな穴が開いた暗闇に落ちそうになるから。

ごめんなさい、ごめんなさい。救えなくて、見捨ててごめんなさい。

脳裏に浮かぶのは、国王の地位に就く前のアルベルト王太子殿下とマリアナ様。馬鹿王子の件が

片付いた後、三人で街に繰り出したことがあります。

こぢんまりとしたケーキ屋さんで、「大変だけど、この国のために頑張る」と真面目な顔で仰《おっしゃ》っていたアルベルト王太子殿下を優しい笑みで支えるマリアナ様。テーブルの上で重なる二人の手。私はこの二人を好ましく思っていました。現実は厳しいと理解していながらも、この二人には生きてほしかった。手を取り合って未来を一緒に歩んでほしかった。どんな形でも――

私は泣いてる間、胸の中で謝り続けることしかできませんでした。謝る相手がいないのに。謝り続ける私の手はとても冷たく、それが私の罪だと教えられているようでした。なのにその手が、徐々に温かくなっていきます。

その温かみとともに、圧し潰されそうだった心の重みが消えていきます。いえ違いますね、誰かが私を包み込んで庇《かば》ってくれている。それは、とても幸せなこと。あの時、手を握り合っていた二人のように。

私にとって、その相手はシオン様以外には考えられません。実際少し目を開けると、目の前に厚い胸板があります。布越しとはいえ、頬を添えたままでいるのは恥ずかしいですが、この温もりは手放せません。恥ずかしさより、縋《すが》りつきたいという気持ちが勝ちました。ずっと、隣に立ちたかったのに、矛盾してますよね。

もうしばらく、このままでいいですか？

声に出さずに尋ねます。シオン様は寝ているのに。目を覚ますまで、わずかな時間でもいいので。

「起きたか？」

終わりはすぐでした。もう少しこのままでいたい、なんて我儘《わがまま》なこと言えませんわ。それに、婚約もしてない関係ですから。

早く婚約したいけど、私はシオン様が本気でそうしたいと思う日まで、待つと決めましたもの。恋人と婚約は覚悟が違いますからね。女が一度口にしたことですもの、待ちますわ。何年でも待ちますわ。でも、今は心が折れそうです。

「はい。シオン様のおかげでゆっくり眠れましたわ。幸せな夢も見れましたし」

こういう時、淑女教育のありがたみがわかりますわね。何事もなかったかのように、にっこりと微笑むことができるから。

「どんな夢を見たんだ？」

珍しく、シオン様が訊《き》いてきました。

「覚えていませんわ。でも、幸せなのは確かです。たぶん、シオン様と一緒にいる夢を見たんでしょう」

そう答えると、シオン様が微笑みました。そして、私を壊れ物を扱うように優しく抱き寄せました。

「だったら嬉しいな」

最も愛してる人に耳元でそう囁《ささや》かれたら、どう答えたらいいのでしょう。全身の血が沸騰したみたいに体温が上がり、心臓が激しく鼓動してます。すると、耳元でクスクスと笑う声がします。

「いつもと正反対だな」

「なっ⁉　私をからかいましたの‼」

反射的に体を離そうとしましたが、腰に手を回されているので、わずかに上半身に隙間ができただけです。

「いや、からかってはいない。本心だ」

「本当ですか？　嘘なら許しませんよ」

下から睨《にら》み付けます。本気なのに、シオン様は嬉しそうに笑います。

ひとしきり笑ったあと、シオン様の目が変わりました。仕事している時の目です。

「セリアに話がある」

「なにかありましたか？」

「グリフィード王国の先々代の王に男の庶子がいたそうだ。セリアの五歳年上らしい」

いきなりの話に驚きます。

「その言い方だと、認知はされていないようですね。お父様からの知らせですか？」

「ああ。セリアが寝ている時に侍女が知らせにきた」

「知らせはそれだけですか？」

お父様のことです。ただの知らせではないでしょう。絶対、ほかにもなにか言ってきたはず。あまりにも、タイミングが良すぎますもの。

シオン様は軽く頷《うなず》くと、ベッドから下ります。そして、テーブルに置かれた書類を持ってくると、私に手渡しました。手渡された書類に目を落とします。

「こっ⁉　これって、婚約届ではありませんか⁉」

「ああ」

それも記入済みです。お父様とシオン様の所が。あとは私がサインすれば完成ですわ。

「本気なのですか？　私の身を案じてのことではありませんか？　ならば」

「それだけで、俺がサインしたと思うか？」

「……」

シオン様の真剣な表情に、それ以上、否定的な言葉は口にはできませんでした。でもその分、目で訴えます。

「庶子は、セリアが捕まえた貴族の息子として育ったらしい」

シオン様は誤魔化すことも、私の身を案じて話さないなんていう、独りよがりな選択はなさいません。私もシオン様と同じ立場なら、隠すことなく話すでしょう。

「つまり、私が仇《かたき》だと思われている可能性が大なのですね」

どのような形でなったにせよ、領主とは、人に恨まれるものだと承知しておりますわ。

「ああ。だが、継いだとしても、重なる不幸と領地の縮小で国としての力はかなり弱い」

「かろうじて、首一枚の皮が繋《つな》がった状態ですものね。……なるほど。そういうわけですか」

力を得たいなら、婚姻が一番手っ取り早く確実。その中でまだ婚約者がいない私は、格好の標的でしょうね。過去に因縁があったとしても……

「しかし、五歳年上なら、奥方も子供もいる可能性が高いですわね」

「まぁいたとしても、離婚させられるか、妾《めかけ》として後宮に上がるかのどちらかだろうな」

でしょうね、可哀想ですが。

「……シオン様。怒らないで聞いてくれますか」

「わかった」

「もし、シオン様が私の前に立ち、私を護る盾になろうとしているのならば、私はこの婚約の申し出は断りたいと考えています。私はシオン様の隣に立ちたいのです。困難が降りかかるのならば、共に剣を持ち戦いたいのです」

我儘《わがまま》だと理解しています。でも、これだけは譲れません。

そんな私に、シオン様は真剣な表情で答えてくれました。

「……初めは、セリア、お前の盾になりたかった。大事な存在だからな。でも、お前がそれを嫌がることぐらいわかっている。だから、俺はヒヤヒヤしながら、セリアの隣に立とう」

そして片膝を床に付くと、シオン様は私に向かって告げたのです。

「セリア皇女殿下。どうか私と共に、未来を歩んではいただけないでしょうか」

シオン様の真剣な眼差し。

そして、差し出された手。

私はためらうことなく、その手を取り答えました。「はい」と——

やっと、やっとですわ!!

シオン様からプロポーズされましたわ。この際、場所はどこでもいいのです。されたことが大事なんですから。早速、婚約届にサインをいたしましょう。これで、正式な婚約者ですわ。

あの……サインをしたいのですが、少しだけ離れてくれませんか？　シオン様。

えっ⁉　ベッドに逆戻り‼

シオン様に押し倒されてしまいました。そのまま顔が近付いてきます。

「ちょっと、お待ちください‼　シオン様‼」

なにをなさろうとしてるのですか⁉　まさか⁉

必死で抵抗します。嫌ではありませんわ。でも、いきなりは無理です。それに、せっかく買った下着を着けてはおりません。なんたる失態。

「嫌なのか？」

そう辛そうな表情で問われたら、首を左右に振りそうになりますわ。でも、ここは心を鬼にしなくては。

「まだ、正式な婚約者になったわけではありませんわ。そ、それに、まだ成人前です」

すると、今度は勢いよく起こされました。そして、険しい顔のままペンを渡されます。

「さぁ、早く書け。書いたら、その足で宰相の所に持っていくぞ」

ムードもなにもないです。

「……そのあとは？」

恐る恐る尋ねると、

「最後までしなければいいんだろ」

とてもとても良い笑顔で宣言されましたわ。

反対に私は引きつります。反射的に逃げの体勢をとった私は悪くはありませんよね。

でも相手は英雄、護り神と呼ばれた存在です。すぐに先手をとられました。掴《つか》まれたら、転移魔法は使えませんわ。場所が変わるだけですもの。

「逃がすわけないだろ。ほら、早く書け」

せっつかれるまま書きましたわ。ほんとに、ムードもなにもありません。そして促されるまま、転移魔法を使い宰相様の元にやって来ました。小脇に抱えられたままです。食後でなくてよかったですわ。でも、恥ずかしくて死にそうです。

婚約届を渡した時の満面な笑顔の宰相様と、周囲の生温かい目は忘れられませんわ。

「ほら、戻るぞ」

「では、これで失礼いたしますわ。宰相様」

「はい。確かに受け取りました。おめでとうございます。セリア皇女殿下、コンフォ伯爵」

祝福されるのは嬉しいのですが、少し違うと思うのは私だけでしょうか？

「コンフォ伯爵。くれぐれもお体をお大事に」

シオン様のお体？

「わかっている」

険しい声で短くそう答えると、私とシオン様は元いた場所に戻ってきました。

無言のまま、私はベッドに寝かされます。

ここまで来たら、逃げることはできませんよね。ここはもう覚悟を決めた方がよさそうです。わかりました。私も望んでいたことです。さぁ、やりましょう。

でも正直言うと、とても怖いですわ。

「……セリア」

小さな声で私の名を呼ぶシオン様。

なんて顔をしているんですか、シオン様。そんな表情、今まで見たことありませんわ。まるで熱病に侵されたかのように顔を赤らめ、息も上がっています。少し目が潤んでますが、その視線はギラギラとしていました。

シオン様にそんな表情をさせているのは私なんですね。そう思うと、とても嬉しいですわ。今も怖いですが、シオン様なら私は全てを差し出せます、身も心も。

「シオン様。初めてなので、優しくしてくださいね」

私は微笑みながら、シオン様に手を伸ばしました。覚悟を決め、手を伸ばしその頬に触れようとしたら、シオン様にその手を取られました。そのままその手にキスされ、シオン様が覆い被さってきます。いよいよなんですね。

目を閉じようとしたら、よく知っている声が降ってきました。

「ねぇ、なにをしようとしてるのかな？　私に教えてくれる？　シオン」

瞬間、周りの空気がピシッと凍り付きました。

慌てて私は体を起こします。転げたことをナシにするくらいの速さです。

「おっ、お母様!?」

その呼びかけに完全無視で、お母様はシオン様につめ寄ります。

「私の元いた世界ではね、大人が未成年に手を出したらそれだけで罪に問われるんだけど、この世界では罪に問われないのかな？」

お母様が静かに語ってる時は、かなり怒っている時です。

「それは違います!!　私たちは婚約を交わして」

「それは書類上の話よね、セリア。公示はしたの？　家族には話したの？　婚約を認めてるからって、挨拶《あいさつ》はしなくていいと考えているの？」

「……」

お母様の言う通りです。ぐうの音も出ません。しばらくの間のあとお母様は、

「……まぁ、気持ちはわかるけどね」

ポツリとそう呟《つぶや》いてから、私をシオン様から引き離します。そして私を背中に庇《かば》いながら、シオン様と対峙します。

「シオン。貴方がものすごく我慢してるのはわかってる。セリアを大事にしているってこともわかってる。貴方ならセリアを任せられるわ。だけどね、我慢しなさい。せめて、あと二年は。成人したら多少の接触は許すけど、最後までしないって断言できるの？　できないのなら、過度な接触は止めなさい。一度目は許すけど、二度目は許さないわよ。いい、あの人の代わりにあそこに魔法かけてあげましょうか？」

シオン様の完敗です。宰相様が言ったのはこのことだったのですね。

「……それは困る。俺が悪かった。少し箍《たが》が外れてしまった。以後気を付ける」

さっきまでの勢いが完全になくなっています。

「シオン様だけが悪いのではありませんわ。私も考えなしの行動をとってしまいました。ごめんなさい、お母様」

二人で頭を下げます。

お母様は盛大な溜め息を吐いたあと、一言「わかればいいわ」と呟《つぶや》くと、私の腕をとり、転移魔法を発動させました。お母様と帰ってきたので、スミスたちは少し驚いています。

それを完全無視して、お母様は私に言いました。

「いい、セリア。男の理性と下半身は別の生き物なの。わかる？　だから、時には理性よりも下半身が勝つこともあるの。むしろ、そういう時は下半身の方が強いの。傷付くのは常に女の方なのよ。自分を大事にしなさい、セリア。わかったわね」

スミスとクラン君がギョッとしてお母様を見ます。下半身うんぬんの話はいまいちわかりかねますが、それでもお母様がなにを言おとしているかはわかります。心配してくれているのも。

「肝に銘じますわ、お母様。あと、あらためてシオン様と一緒に伺いますわ」

そう告げると、急に照れだしたのか、お母様が慌てだします。

「いいわよ。別に」

さっき言ったことと違いますよね。

「いえ、必ず伺いますわ。だって、親に婚約したことを報告しないと。礼儀ですわ」

途端に湧き上がる歓声。働いてくれてる皆に、変な形での婚約発表になりました。

その二週間後です。

両方の家族に挨拶《あいさつ》を済ませ、国内外にも告示を終えた矢先でした。

お父様の元に一通の書状がグリフィードから届いたのは――

そして、私とシオン様が王宮に呼ばれたのです。


「皇帝陛下。セリア皇女殿下とコンフォ伯爵が参りました」

まず近衛騎士が執務室に入り、お父様に入室許可を得ます。実の娘でもすぐには入れません。

「構わん。通せ」

その返事があってやっと入れます。お約束の儀式ですよね。でも必要なことですわ。

室内には、お父様のほかに宰相様もいらっしゃいました。残念ながらリムお兄様は不在です。婚約を報告に行った時、少し元気がなかったのが気になっていたのですが……仕方ありませんね。リムお兄様も忙しい方ですから。

私は宰相様に軽く目配せしてから、お父様に向き合います。

「皇帝陛下、グリフィードから親書が内密に送られてきたと伺いましたが」

私は挨拶《あいさつ》もろくにせずに要点を切り出しました。

「まぁな。内容は言わなくてもわかるだろ？」

特に怒ることなく、お父様は大きな溜め息を吐きながら、反対に私たちに訊《き》いてきました。

「セリアを娶《めと》りたいと言ってきたんだな」

私の代わりにシオン様が答えます。

「ああ」

やっぱり、そうですか……

「それで、返事は当然もうお書きになっているのでしょうね」

声に険がある。もちろん返事は否ですよね。

「ああ。セリアには婚約者がいるから無理だとな。ここだけの話だが葬儀の最中に、それとなく打診があった。当然断ったがな」

だから、葬儀の途中なのにわざわざ婚約届を持って、シオン様の所に来たのですね。

「お父様が一度断っているのに、また言ってきたのですか……しつこいですね」

「まぁそれだけ、切羽つまってるんだろ」

それはそうですわ。今回躓《つまず》いたら、まず間違いなく国がなくなりますわね。だとしても、

「迷惑な話ですね。私にはシオン様しかいないのに」

隣にいるシオン様を見上げます。甘々な雰囲気になりそうになったのに、お父様の台詞《せりふ》のせいで霧散してしまいましたわ。

「戴冠式は喪があける来年に執り行われる。それまでに、セリアを手に入れようとしてくるだろうな。そこでだ、シオン、前に打診していた件だが進んだか？」

打診していたこと？　お父様はシオン様になにを頼みましたの？

「その件は粛々と進んでいる。アークのやつ駄々を捏《こ》ねてたが、俺とセリアの婚約を発表したら、ポキッと折れた。大人しくなっているうちに済ませる」

お父様と宰相様がシオン様の報告を聞くと、二人ともなんとも言えない微妙な表情になりました。私はシオン様の台詞《せりふ》で、だいたい把握しましたわ。少し早まりましたがシオン様はアーク隊長に後を継がそうとしているのですね。でも、ポキッと折れてるうちって……ちょっと強引だと思いますが、シオン様が大丈夫だと考えているなら任せるだけですわ。

アーク隊長は部屋を出ていく時、生気を完全に失って生霊化してましたね。ルーク隊長もユナ隊長も。

妹と思っていた私が、実父であるシオン様と婚約するんですもの、ショックを受けても仕方ありませんわ。なんせ、妹が義理の母親になるんですから。内心複雑でしょう。でも、シオン様が伯爵家から皇家に婿入りするので、戸籍上では義理の母親にはなりませんけどね。

私はリムお兄様のスペア。御子がまだ生まれていないので、私は皇族に残る必要があります。なので、シオン様が婿入りに。このことは、シオン様自身承知の上ですわ。だから私はあの時、シオン様に待つと言ったのです。

お父様に会ったあと、シオン様のお屋敷に戻り、いつもの定位置に座っています。シオン様の膝の上ですわ。初めは恥ずかしくて堪らなかったけど、今では一番落ち着く場所になりました。慣れって怖いですね。

あれから、お母様に叱られたようなことは一度もいたしておりません。本当に健全な付き合いです。ちょっと、残念に思いながらもホッとしていて変な感覚ですね。あっ、でも、念のために下着は買ったのを履いてますわ。

今日もそんなにゆっくりできないのですが、どうしても離れたくない気持ちが優先して、シオン様に引っ付いたままです。

ほんと駄目ですね。シオン様の前だと私は駄目人間になってしまいます。シオン様も優しいから甘やかせてくれますし、ますます駄目人間まっしぐらです。

でもそれは、シオン様の前だけですから許してくださいね。

「……シオン様」

「どうした？」

シオン様が私の顔を覗《のぞ》き込みます。とても優しい声ですわ。

「……自分でもよくわからないのです。ずっとこうしていたい。ずっと……」

そう囁《ささや》きながら、私はシオン様の胸に凭《もた》れかかりました。ドクンドクンと聞こえてくる規則正しい心音に癒やされます。あっ、ちょっと速くなりましたね。

「なら、いつまでも付き合ってやるよ」

「……そんなに、私を甘やかしてどうしようとしてるんです？」

目頭の奥が熱くなってきました。

「俺は欲深い人間だからな。俺なしじゃ生きていけないようにしたいだけだ」

その台詞《せりふ》に笑みが溢《あふ》れます。

「シオン様は馬鹿ですね。もうすでに、私はシオン様がいなかったら生きていけませんわ」

だから、私は、シオン様にいろいろなものを捨てさせた。

「なら、嬉しいな」

そう言って、シオン様は幸せそうに笑います。本当に？

「私も嬉しいです」

不安を胸の奥に押し隠しながら答えます。

よく、私とお父様は似ていると言われます。だけど私は、お父様のように優しくはなれない。お母様を一番に考えて行動なんてできない。私は常に皇国を一番に考えているから。

ごめんなさい、シオン様。こんな自分勝手で身勝手な女に惚れられてしまって。だから、私の全てをシオン様に捧げますわ。その代わり、シオン様の未来を全て私にください。

シオン様を愛し続ける限り、胸に抱き続けている不安は一生消えないでしょう。

私たちの未来に不穏な影などいりません。他国のことです。こちらからは手出しはしませんわ。でももし、なにかしようものなら、徹底的に排除させていただきましょう。塵《ちり》一つ残さないまでに。

一抹の不安を抱えながら数か月が経ちました。

至って私とシオン様の周辺は平和ですわ。でも、お父様は苛々《いらいら》してるみたい。二度もはっきりと断っているのに、あれからも定期的に親書が届いているみたいです。

「ほんと、しつこいですわ」

リーファに愚痴ってしまいます。

「そんだけ、切羽つまってるってことよね」

苦笑しながら答えるリーファ。

「でも、何度も断っているのに、普通諦めるでしょう!!」

「普通ならね。でもあの国は、どことなくおかしいわ」

「おかしい？」

そう言えば、お父様も似たようなことを言っていました。

「言葉では説明しにくいけど、無理矢理型につめ込んだような……そう、張りぼてに近いかも」

「張りぼてですか……」

つまり、対面上は国として保っていても、その実、国として機能していないってことでしょうか。

内情をより詳しく調べる必要がありますね。

「そう言えば、グリフィードからの移民がこの一、二か月多かったですよね。スミス」

「はい。徐々に増えてますね」

実際、そこに住む民だからこそ、感じる危機感があるのかもしれませんね。

「リーファの所はどうなの？」

「詳しいことは書いてなかったけど、増えているって書いてあったわ」

セフィーロ王国もですか。これは至急対処しなければなりませんね。

「だとすると、これからもっと増えますすね」

「そうね」

「一度、国として正式に対処する必要がありますわね」

少し声が刺々しくなります。

だってそうでしょ、厄介事が次から次へと。ほんと嫌になりますわ。シオン様と会える時間が削られるじゃないですか。それでなくても少ないのに。婚約してからの方が少なくなるってどういうことですの。

「おじ様と仲良くしてるようね、セリア」

ニヤニヤしながら訊《き》いてきます。

「もちろんですわ。そういうリーファも仲良さそうですわね。手紙のやり取りをしているのでしょ」

「普通よ。特別ではないわ」

真っ赤になりながら強がってます。ほんと可愛いですわ。今度は私がニヤニヤする番です。

すると、リーファがチラリとスミスに視線を送ります。私が頷《うなず》くと、なにも言わず離れました。

クラン君もです。ここからは女子の会話ですわ。

「ところで、セリア。例の下着使った？」

やっぱりそのことですか。

「使う場面までは至りませんが、会う度に着けていますわ」

一応、嗜《たしな》みとして。

「至らないの？」

「至りそうになった時に邪魔が入ってしまって、とても厳しく怒られましたわ」

「もしかして、お母様？」

「ええ。で、リーファこそ、使う機会があったのでは？」

そう尋ねると、真っ赤どころか、湯気が出るほどに茹《ゆ》で上がりました。

「あったのね」

「最後までしてないわよ!!」

断言しなくても、わかってますわ。

「当然ですわ。私たち、まだ未成年ですもの。はぁ～リーファに先を越されてしまいましたわ」

「競うものじゃないでしょ」

「まぁ、そうですけど。それで、どうでした？」

当然、気になるじゃないですか？　リーファだから訊《き》けるのです。

「言わなきゃ駄目？」

戸惑う姿も愛らしいですわ。

「できれば参考までに」

「正直、覚えてないわよ。いろいろ凄すぎて」

「なるほど。リーファが我を忘れるほど凄かったのですね……」

「そんなあからさまな言い方しないで」

怒られてしまいましたわ。

この会話の二日後です。思わぬ方が私を訪ねてきたのは――


その日は、朝から時間に余裕がある日でした。だからといって、これはなしですわ。

うんざりした気持ちを隠しながら、私は学園の応接室で、テーブルを挟み座っています。

わざわざ国境を越えて私を訪ねてきたのは、黒いドレスを着た若い女性でした。グリフィード新国王の身辺を探らせていますので、彼女が何者かすぐにわかりました。

そして、なんのために送り込まれてきたのかも。

情に訴えるつもりでしょうけど、グリフィード王国の方々も酷なことをなさいますね。やつれていらっしゃいますわ。さぞかし、ここに来るまで悩まれたのでしょうね。

「セリア・コンフォートです。なんの用で私に会いにこられたのですか？」

用件は想像できますが、あえて尋ねます。

「本日は多忙の中、お会いしていただきありがとうございます。私はエマ・フェインと申します。実は、セリア皇女殿下にお願いの儀があり、まかり越しました」

「私にお願い？　それはなんでしょうか？」

そう尋ねると、とても言いがたいのでしょう。戸惑いながらも口にしました。

「……新国王陛下と婚約していただけないでしょうか？」

後ろで控えていたスミスたちがピリッとします。反対に私はその質問に首を傾げます。

「あら、不思議なことを。私に婚約者がいることは、すでに国内外に告示済みですが」

「それはわかっております。そこを無理してお願いしております。どうか、グリフィードをお救いくださいませ。セリア皇女殿下」

エマ様は必死で懇願してきました。その姿は確かに同情をかうものでしょう。でも到底受け入れることはできません。面と向かって婚約してほしいと言われると少し、いえかなり苛《いら》つきますね。

「これは異なことを。なぜ、私がグリフィード王国を救わなければならないのです？　自分の婚約を解消してまで」

口調は優しく、しかし声は冷たく。口元には笑みを浮かべながら。当然、目は笑っていません。

「それは……」

「それは、なんです？　はっきりと仰《おっしゃ》ってくださいな」

追及の手は緩めませんよ。ああもちろん、録画録音もしておりますわ。

「グリフィード王国がここまで弱体化したのは、セリア皇女殿下のせいだと聞いております」

そう答える女性の目に、さっきまでの弱々しさはまったく見えませんでした。反対に、負の感情がチラリと見えます。

面白い。この私に真っ向から勝負を挑もうとするなんて。もちろん、受けてあげますわ。

「だから、私に責任をとれと。ほんと、エマ様はおかしなことを仰《おっしゃ》いますね。そもそも、グリフィード王国が弱体化したのは、私のせいではありませんわ。強いて言うなら、グリフィード王国の元第二王子が愚かな真似をしでかしたからではありませんか。同盟国であるコンフォート皇国の皇女とセフィーロ王国の公爵令嬢に、前王、当時王太子殿下の襲撃犯の冤罪《えんざい》を被せようとしたのだから。違います？」

「……」

なにも言えないわね。事実ですもの。

「それに、禁止薬物の件も、グリフィード王国の貴族と元商人が、コンフォート皇国で禁止薬物を精製しようとしていた。そしていずれは、コンフォート皇国に持ち込もうとしたのだから、取り締まっただけのこと。どちらの件も、被害者は私たちコンフォート皇国側ですよね」

「だけど!!」

「だけど、なんです？」

口元から笑みを消し、さらに冷たい声音で尋ねます。

「確かに愚かなのは私たち、グリフィード王国側です。しかし、それではあまりにも民が可哀想ではありませんか。民には責任がありません。民のためにもどうか」

「気丈なのは褒めて差し上げますが、論点がずれていませんか？　本当におかしなことを仰《おっしゃ》る。なぜ、私がグリフィード王国の民のために身を犠牲にしなければならないのです？」

「可哀想とは思わないのですか。心が痛まないのですか」

彼女もまたお花畑さんなのかしら。つくづく、私はそういう方々に縁があるようですわね。憂鬱《ゆううつ》になりますわ。

「痛みませんね。同情はしますよ。自分たちを護ってくれるはずの貴族たちが、あまりも不甲斐ないことに。ただそれだけですわ。第一側室のエマ・フェイン様。私に嘆願に来る前に、ご自分でなすべきことをなされてはいかがです」

　これ以上は時間の無駄ですね。

「スミス。第一側室様を丁重にグリフィード王国までお送りして」

　私の命令に、エマ様についてきていた侍女がピクリと反応しました。当然、私側の者たちは全員気付きましたわ。修行が足りませんね。ここで反応したらいけないでしょう。

　スミスになかば強引に押し出されたエマ様御一行はこうして帰っていきました。ドアの向こうに消えてもなお、お花畑なことを仰《おっしゃ》ってましたわ。そこしか、攻めるところがなかったのでしょうね。

　もちろん、二度と我が国に入国できないようにさせていただきましたわ。

　そもそも、侍女と護衛を付けてるとはいえ、ここにくること自体おかしな話なのです。おそらく、彼女は捨て駒だったのでしょう。コンフォート皇国でグリフィード王国第一側室が死んだ。そうなれば、皇国にとって醜聞ですもの。

　あの侍女の反応はそれが見破られたと思ったから。新国王が命じたのか、それとも傍にいる側近が命じたのかわかりませんが、恥も外聞もないやり方ですわ。でもそれだけ、切羽つまってるということ。警戒度を上げましょう。お父様に要報告ですわ。リーファにも知らせておいた方がよさそうですね。やることが増えましたわ。いつになったら、シオン様に会えるのでしょう。

　第一側室であるエマ様が学園に突撃してきて十日後。

　エマ様が野盗に襲われて亡くなったという知らせが皇国に入りました。

特に驚くことではありませんわ。やはりと思ってましたから。

全員殺されたのは意外でしたが、まぁ考えられないことではないでしょう。

「それで、殺されたとされる場所はどこです？」

お父様に尋ねました。今、執務室で対策を練っている途中ですわ。

「アイツらはコンフォート内だと主張しているな」

でしょうね。

「しかし、その件でしたら、セリアが用意した映像で否定できるのでは？」

リムお兄様が答えます。

「確かにな。でも、あやつらは捏造《ねつぞう》したものだと主張している」

「捏造《ねつぞう》ですか。できないことではありませんよね。我が国で制作された魔法具ですもの」

「……余裕だな」

私が動じていないことに、お父様が不審に思ったようです。勘が良いですね。

「実は、グリフィード王国で瀕死の状態にある女性を保護しましたの。どこかの貴族でしょうか？

でもそのわりには、やけにやつれていましたね。今は治癒魔法が効いて休んでいますわ」

ちょっと気になったので、念のためにグリフィード王国まで送ったスミスに、王宮まで後をつけるように指示していたのですが、その指示が幸いしましたわ。

「ほぉ～瀕死の女性を。で、どんな状態なんだ？」

「目を覚ました時は興奮状態でしたが、今は落ち着いていますわ」

そりゃあそうですわね、自国の者に襲われたのですもの。それも、初めからそのつもりだったとなれば、ショックも倍増でしょう。

「話が通じる相手なのか？」

応接室で話していたお花畑の映像を見ていますからね。

「どうやら、子供を人質に取られていたようですわ。なのでなんとしても、どんな理不尽でおかしなことを言っても、私を頷《うなず》かせようと躍起になったようですわ」

「子供を人質に？　しかし、そのお子はグリフィード王国の王位継承者では？」

宰相様の疑問は誰もが抱くもの。

「まぁでも、側室《エマ》様が男爵家出身ですからね、それも一代限りの。ほぼ平民と言えますね」

おそらく、王位継承権はないのでしょう。

「だとしても……」

宰相様の言いたいことは理解できますわ。ほかに側室もなく、子がいない現状において、唯一血を引いた存在。それも男子となれば、大事に育てるのは当然ですわ。平民に近いといってもね。

「常識のない国だから、仕方ないだろ」

お父様の台詞《せりふ》に宰相様はしぶしぶ納得したようです。

「それで、どうするつもりだ？」

お父様が訊《き》いてきます。

せっかく有効なカードを手に入れられたのに、ここで失敗するわけにはいきませんわ。最大限に利用しなくては。

「正直、どう使おうか思案していますの。一番は、新国王陛下と直接お会いすることですが」

「だとしても、新国王が指示していたのなら話にならんぞ」

確かに、お父様の指摘通りですわ。

「まずは、新国王陛下の気性を知らなくてはいけませんわね。ちなみに、お父様は直接お会いしたのでしょう。どうでした？」

「なかなかの好青年だったな。頭は相当切れるようだったぞ。なにか、胸の内に信念を抱いてるような気がしたな」

「そうですか……」

お父様の人を見る力は確かです。これは一度、個人的に会ってみる必要がありますわね。

「あまり、無茶をするなよ」

「わかりましたわ。皇帝陛下」

にっこりと笑って答えます。

なのに、なぜ、皆微妙な表情をするのです、解せませんわ。

あ～シオン様不足で、どうにかなりそうです。

第四章　休暇のために頑張りますわ

私のシオン様不足は深刻です。

なので、お父様たちと会った後にシオン様に会いにいこうとしたのですが、お父様とお母様に妨害されました。なので、しぶしぶ晩餐の席に座っています。

シオン様に会いたいですわ……会いたくて、会いたくて、堪りませんわ。あの厚い胸板に頬をスリスリして、ギュッと抱き締められて、シオン様の匂いに満たされたい……

ほぅと溜め息を吐く私。

「……声に出ているぞ」

呟《つぶや》いたのはお父様でした。なぜだか、魚が死んだような目をしていますね。リムお兄様もですか。

「声に出ていましたか。だって、会いたくて、会いたくて、仕方ないんですもの。なのに、家族に邪魔されて会えないなんて」

そうぼやく私に、お父様とリムお兄様は呆《あき》れ顔。

だけど、お母様と義姉様は違いました。お母様は始終にこにこ笑っていましたが、義姉様は顔を赤らめていますわ。なかなか可愛い反応ですね。頭を撫《な》でたくなります。さすがにしませんけど。

「そういうのは、胸にしまっていろ」

お父様に怒られました。

「しまっていましたわ。でも、全然会えなくて思わず口から出てしまっただけです。そもそも、婚約してからの方が会えないってどうしてですの？」

家族だからか、思わず愚痴ってしまいましたわ。

「出すな。生々しい」

心底嫌そうな表情です。やはり、父親としては娘のそういう話を聞きたくないようです。

だけど、私はあえてここは口にします。

「お父様、どうして会えないんでしょう。忙しいのがいけないのですわ。休暇をくださいませ‼」

我ながら良い案ですわ。直談判しかありませんね。

「休暇だと？」

そんなに、露骨に嫌な顔しなくてもいいじゃありませんか。私でも傷付きますよ。

「……まだ学生で成人前なのにコニック領を統治し、学園の理事長も兼任し、魔物の討伐にも参加しております。訓練所の建設にも携わっていますわ。そして今度はグリフィード新国王の件。働きすぎだとは思いませんか？　やっとの思いで落とし、手に入れた婚約者にも会えない日々が続いています。嫌われたらどうしてくれます？　お願いです、休暇をくださいませ‼」

休暇をくれるまで言い続けますよ。すると、意外な場所から援護が貰えましたわ。

「いいじゃない。セリアは頑張ってるわ。ちゃんと働いてる。少しくらいまとまった休みをとってもいいんじゃない？」

お母様グッジョブです。お父様はお母様に弱いですからね。

「……はぁ～～わかった。新国王の件が解決した後なら、十日間の休みをやる」

「たった、十日ですか？」

十日間なんて、あっという間に終わってしまいますわ。

「何日欲しい？」

「三週間は欲しいですわ」

少し長めを提示しました。できれば、二週間は欲しいです。

「長すぎる」

「長すぎませんわ」

「わかった。二週間でどうだ？」

やった‼　二週間いただきました。

「わかりましたわ。二週間ですね‼」

ここで欲を出すと、休みそのものがなくなる可能性があります。直談判してみるものですね、長期休暇ゲットしましたわ。さっそく、シオン様に報告しないと。

「ご飯を食べてからね」

立ちかけた私に、お母様が笑みを浮かべながらすかさず言います。

仕方なく座りなおします。お母様には逆らえませんわ。私は急いで残りのご飯を口に運びました。

待っててくださいね、シオン様。

急いで夕食を食べた後、すぐに転移魔法でシオン様の元に向かいました。休みが取れたことを報告するためですわ。

シオン様は魔物の討伐中でした。すでに、小高い山ができています。さすがです、シオン様。いつ見ても格好いいですね。

むせ返るような血の匂い。地面にできる血溜まり。それがどうしたのです。そんなの気にもなりませんわ。

「いつ見ても素敵……」

そう呟《つぶや》くと、隣から奇声が。その奇声邪魔です。

「セ、セリア元副隊長。いつからいたのですか⁉」

その呼び方懐かしいですね。しんみりとしていると、奇声を発した兵士が胸を押さえながら尋ねてきます。

「少し前からいましたよ」

「気配を完全に消さないでください。心臓が飛び出すかと思いましたよ」

「それはごめんなさい」

シオン様の戦う様を間近で鑑賞したくて、完全に消していましたわ。

「セリア‼」

その声と共に抱き締められましたわ。少し抵抗すると、ますます抱き締められる腕に力が入ります。

抱き締められるのは嬉しいのですが、ここは屋外です。人気《ひとけ》がない魔の森だとはいえ、恥ずかしいですわ。それに隣には、空気化した兵士もいますし。生温かい目で見られていますけど。

「離してくださいませ!!　シオン様。ここは屋外です」

「屋内ならいいのか？」

その台詞《せりふ》と同時に持ち上げられている私。

その時、探索魔法に反応がありました。シオン様の後方から魔物が二体、反応から見ると魔犬ですわね。

あと五メートル。

たまに、集団で狩りをするタイプもいますがこの手の魔物は、猪突猛進型が多いです。魔犬は口を大きく開け飛びかかってきますが、すぐに私の風魔法で真っ二つ。素早い魔物ですが、空中では逃げ場はありませんからね。

「すみません、シオン様。今日はゆっくりとできないのです。今から戻らないと」

ほんとはずっと傍にいたいのですよ。でも、心を鬼にして告げます。心中、号泣ですが……

「……戻るのか」

ものすごく不機嫌な声がします。付き添いで来た兵士たちは小刻みに震えていますわ。

「はい。下ろしてください、シオン様」

「嫌だ」

今、なんと仰《おっしゃ》いました。思わずシオン様の顔を窺《うかが》えば、険しい顔を赤らめていました。

シオン様は、何度私の心を甘く突き刺すのでしょう。何度悶《もだ》えさせれば気が済むのです。当然、この表情もしっかりと撮影しましたわ。お気に入りの一枚に決定です。もちろん声も。

「そう言わずに。私もずっとシオン様の側にいたいのです。婚約したのに会えないんですもの。だから、お父様に直談判しましたわ。会う機会があったので」

「直談判？」

「ええ。二週間の休みをもぎ取りましたわ。新国王の件が片付いてからになりますけど」

「本当か？」

「はい。なので、もうしばらく我慢してください。頑張って片付けますから」

そう答えると、シオン様は優しく私を地面に下ろしました。

自然と、シオン様を見上げる形になります。

「大丈夫なのか？」

さっきから質問ばかりですね、シオン様。その目は心配そうに、だけど少し不満そうです。自分が動けないのが悔しいのでしょう。ちょっとした表情からも、愛されているのが伝わってきます。

私も、シオン様を心から愛してますわ。

シオン様の上着を掴《つか》み引き寄せ、その唇を奪います。気持ちが先行してまた人前でした。これでは、シオン様になにも言えませんね。

「大丈夫ですわ。すぐに終わらせるので、待っていてくださいね」

固まっているシオン様にそう告げると、私はその場をあとにしました。

これは後日談ですが、魔物の討伐量、最高値を叩き出したそうです。さすがですね、シオン様。あと、同行していた兵士が同僚にポツリと呟《つぶや》いたそうです。「いろんな意味でもう嫌だ」と。いろんな意味とはなんでしょうか？　会ったらぜひ訊《き》きたいですね。でもそれは、グリフィード王国の件が片付いた後。


コニック領に戻ると、ちょうど出迎えてくれたスミスとクラン君に笑顔で声をかけます。

「明日の深夜出かけます。スミスとクラン君は同行をお願いしますね」


深夜。私たちは音を立てずに回廊を歩きます。

「お出かけ先がことは、大胆ですね」

スミスの呆《あき》れた声が背後から聞こえてきました。クラン君は緊張しながらついてきます。

「これが一番手っ取り早いでしょ」

「確かにそうですが……」

文句を言いますが、内心ではスミスもそう考えていたのでしょ、膠着《こうちゃく》状態が続いてましたから。

我ながら大胆だとは思いますよ。だけど、勝機がなかったわけではありません。お父様の人を見る能力の高さを考慮して、この案が最短で最良だと判断しました。最短、私が求めているものです。

そう、今私たちが小声で話している場所はグリフィード王宮内。向かっているのは、新国王陛下の寝所です。もしバレれば国として責任が問われますね。それにしても、静かすぎませんか？

「騎士の数が足りないって本当でしたね」

私の代わりに、クラン君が小さな声で言います。

騎士の数が足りない。それは、警護する人がいないということ。国としてギリギリのところまできているようですね。そこまでして国を維持してもなんの利もないでしょうに。迷惑を被るのは一般市民ですわ。そんなことを考えながら、暗闇の中を進みます。

私の認識阻害の魔法なら、王宮内に張られている魔法防御ぐらい楽に通れますわ。絶対、泥棒が持ったらいけない魔法ですよね。情報ではこの先が寝所だったはず。庭園を通り抜け、ある建物の下に立ちます。室内に薄明かりが灯っているということはまだ起きているようね。

「では、いきますか」

「いきましょう」

「わかりました」

音を立てずにテラスに降り立ち、両側にわかれ室内に目をやります。

室内には静かに慟哭《どうこく》する男がいました。顔が見えないから、新国王だとは断言できません。

耳を澄ませます。

「…………すまない。すまない、エマ。俺のせいで君を死なせてしまった。君が残してくれた俺たちの子さえも守れない」

目を覚ましたエマ様が監禁場所を教えてくれましたからその子供も保護しましたよ。お父様の言う通り、腐ってはいませんね。なら、十分交渉できますわ。

ガチャ——小さな金属音とともに、私とスミス、クラン君は室内に侵入します。

「夜分の訪問、申し訳ありません。国王陛下」

「なっ!!　ぐっ」

大声を上げようとした国王陛下の口をスミスが塞ぎます。クラン君は私の後ろに。

「お静かに」

「もう大丈夫ですわ。この部屋に防音魔法を施しましたから」

スミスが国王陛下から手を放します。

途端、飛びかかってくる新国王。元気ですわね、けれど簡単にスミスが取り押さえました。

「よくも、俺のエマを殺したな!!　セリア・コンフォート!!」

あら、顔を見せていないのに、私が何者か気付きましたか。なかなか優秀ですね。

「殺してませんわ。それにエマ様は生きていらっしゃいますよ。殺そうとしたのは、グリフィード国側の人間です」

フードを外さずに答える。

「騙《だま》されるか!!」

「まぁ、貴方になにを言っても無意味ですよね、偽者さん」

そこをはっきりとしないと、フードは取れませんよね？

そう、暗部の皆様の調べにより、この新国王がグリフィード王家の血を引いていないことは判明しています。もちろん、お父様もご存じですわ。その上で、私は今ここにいるのです。当然、目の前にいる男の正体も知っています。

さぁ、貴方はどう答えますか？

その答え次第で大きく変わりますよ、よくよく考えてお答えくださいね。

偽物さんの正体は、本物の従兄。本物のご落胤《らくいん》はすでにこの世にはいませんわ。毛と瞳の色、年格好が似ていたから選ばれたようですね。

葬儀後しばらくは、お父様も正体を疑ってはいなかったのですよ、偽者さん。その場ではっきりと断わったのに、それでもなお婚姻を迫ったから警戒されたのです。警戒すれば、それだけ調べますよね。結果、貴方たちが隠していたものを知られることになったのですわ。

「さぁ、返答を？」

私はどちらでもいいのです。力ずくになるか、ならないか。ただ、それだけのことですわ。

「……本当か？　エマが生きているっていうのは」

「本当ですわ。発見された時は瀕死の状態でしたけど。今は完全に回復してますわ。ご希望でしたら、襲撃者も捕らえていますので、お引き渡しいたしましょうか」

「それが事実だという保証はどこにもないよな」

疑い深い人ですね。でも、私はそういう人は嫌いではありませんわ。

「確かにありません。ですが、コンフォート皇国が害をなしていない証拠は今ここにありますわ。貴方がたは偽物だと一蹴しましたけど。見ます？　音声付きですわ」

「見よう」

即決ですわね。魔法具を持ってきて幸いでしたわ。偽者さんは食い入るように浮かぶ映像を見ました。見終わった後、偽者さんは深く息を吐き、私に視線を戻します。

「セリア皇女殿下。妻を助けていただきありがとうございました。心から感謝申し上げます」

偽物さんは、お礼と共に深々と頭を下げました。

「いえ。こちらの都合でしたことなので、それ以上の礼は不要ですわ」

知りながら放っておけなかっただけ。多少は、政治的なことも考えましたけど。

「貴女のことを誤解していたようだ。……それで、何用で参られました？」

いい目ですね。

「単刀直入に伺いますわ。これから先、貴方は国王として生きていくのか、本来の自分に戻るのか、どうするおつもりですか？」

そう尋ねると、偽者さんは苦笑しながら答えました。

「今さら、逃げられると思いますか？」

「今なら逃げられると思いますよ。エマ様とお子様と一緒に違う地でやり直すことも可能ですわ」

「マ、マークは無事なのか⁉」

偽物さんは私の両腕を掴《つか》もうとしましたが、スミスの手で止められます。

「無事ですわ。王都の外れの孤児院に捕らえられていたのを保護しました。栄養状態は悪いですが、しばらく養生すれば元に戻るでしょう」

私の台詞《せりふ》にホッと胸を撫《な》で下ろす偽者さん。

「……家族を考えれば、逃げるという選択が一番良いのかもしれません。しかし逃げれば、これから先の人生、ずっとビクビクして生きていかなくてはなりません」

「そうですわね」

「それにこの国を、このままの状態で放置するわけにはいきません」

かえって放置した方が国民にとってはいいかもしれませんが。でもまぁ、汚い真似をする側近に屈するのではなく、国のために残ると決めた勇気は褒めましょう。

「つまり、これからも国王として生きていくということですね」

「はい。国王としての役割を最後まで演じたいと思います」

「そうですか。覚悟を持ってその決断をしたのですね。ならば、その意志を尊重いたしましょう。国王陛下、少しばかり、私に付き合ってはもらえませんか？」

私はフードを取り笑みを浮かべます。彼に拒否権はありませんわ。

「どこに連れていくつもりですか？」

若干警戒心を含んだ声で尋ねる新国王。

「舌を噛まないように口を閉じといてください」

そう注意をしてから、私は新国王の腕を掴《つか》みました。一、二時間離れるので、魔法で偽者を作りベッドに寝かせます。これでしばらくは大丈夫でしょう。

「ではいきますよ」

転移魔法を展開、いき先はお父様の所です。着いたのは見慣れた扉の前。四回ノックしました。

「おう、入れ」

お父様が答えます。

混乱している新国王をよそに扉を開くと、ラフな格好をしたお父様が騎士を二人後ろに控えて座っていました。深夜とはいえ、他国の王と会談するのです、当然ですわ。

「やっぱり来たか」

なかば呆《あき》れながら答えるお父様。来るのわかっていたでしょうに。

「当然ですわ。愛する人との休暇のためですから」

素直にそう答えると、さらに呆《あき》れられましたわ。それに、この時間帯でしか新国王を連れてこられないでしょう。

「コンフォート皇帝陛下‼」

そう声を上げ立ち尽くす新国王。

心積もりもなく、いきなり他国の王の元に連れてこられたら、さすがに驚愕《きょうがく》しますわね。連れてきた本人がいうのはなんですけど……

「そんな所に突っ立ってるのもなんだ。こっちに来て座らないか」

お父様が席に座るよう促します。

おずおずとしながら席に着く新国王に、お父様は自分が飲んでいた酒をすすめます。一見、和やかのように見える光景ですが、お互いにここからが勝負です。

「呼んだのは、今後のグリフィード王国のゆく末についてだ」

口火を切ったのはお父様でした。

私は部屋の隅に控えて気配を消し、彼らの視界に入らないようにしながら、会談の行方を見守ります。

「…………」

いきなり核心をつきますか。意地悪ですね。普通そう尋ねられて、とっさに答えることはできませんよ。相手がコンフォート皇国の最高権力者なら特に。だって、自分の返答次第で国がなくなるかもしれないのだから。

「君はどうしたい？」

再度、お父様は尋ねます。

「……お恥ずかしい話ですが、今のグリフィード国は混沌《こんとん》としております。国を維持するという名目のために、人としての道を外れ、それを良しとしています」

それは、禁止薬物とエマ様の件ですね。新国王の言葉は続きます。

「確かに、王座は綺麗事だけでは座ることはできない。そのことは重々承知しています。だが、それで国が、いえ、国民が疲弊するのは本末転倒のように思うのです。だから……」

そこまで言って、口を噤《つぐ》む新国王。自分の発言の重さを知っているからこそ、ためらうのでしょう。

「だから？」

新国王は唇をキュッと噛み締め、ゆっくりと口を開きました。

「……私はグリフィードを潰すべきだと思います」

潰す――

はっきりと新国王は、そう口にしました。沈黙と重い空気が室内を満たします。

「つまり、君が最後の王になるということか」

沈黙を破ったのはお父様でした。

「はい……」

とても重い「はい」ですね。

「全ての罪を君が背負うのか、王家の血を引いていない君が。なぜだ？」

全ての罪を背負う。

それは言い換えれば、断首刑に処されることも厭《いと》わないことを意味しています。お父様の疑問はもっともでした。

「この国に住まう貴族として、国民を守る役目がありますから……それに、バース《本物》とも約束しましたから」

新国王は悲しげな笑みを浮かべています。

本物と偽者の間には、私たちにはわからない約束があるのでしょう。ここまで偽者に言わせるのです、もし生きていれば良い王になっていたでしょうね。とても残念ですわ。

「わかった。その覚悟があるのなら、グリフィード王国は俺が貰おう」

お父様は静かにそう告げました。

これにて、グリフィード王国とコンフォート皇国の秘密裏の会合は終了したのでした。

新国王をグリフィード王国に送ろうとした時です。

「エマと子供に会わせてくれないか」

「構いませんよ」

私は新国王の頼みを快く了承しました。

――今、私たちがいるのはエマ様と子供が寝ているベッドの脇。

「……本当に起こさなくていいのですか？」

新国王の後ろに立ち、小声でその背中に問いかけます。

「ああ」

短くて小さいが、強い意思を感じます。

これが、最後の別れになるかもしれない。

死の縁まで追い込まれている者に、大切な者を会わせる。彼の決意が大きく揺れる可能性がありました。全てが反故《ほご》になると考えなかったわけではありません。

これは、私の賭け。

人の心は弱いものだと知っています。

知りながら、新国王に家族との面会を希望された時、断ることはできませんでした。躊躇《ちゅうちょ》しましたが。お父様にもスミスにも甘いって怒られてしまうでしょうね。現に、スミスは眉を顰《ひそ》めていましたから。私の判断は皇族としては間違いでしょう。だけど、どうしても断れなかった。

新国王は妻の頬に手を近付け――触れることはしませんでした。起きる可能性があったから。

彼もまた迷っているのでしょう。子供に対しても何度も同じ動作を繰り返しています。

月明かりの中、私は新国王とベッドに眠る母子の姿を見て、この時、どこか神聖なものを感じました。常日頃、人の裏側しか見ていない自分だからこそ、そう感じたのかもしれません。

ただ、純粋に妻と子を想う気持ちを尊く感じたのです。だからといって、これ以上、私が手を差し伸べることはありません。国の利益にはなりませんから。

こんな場面でも、常に国の利益を考えてしまう私は、心底冷たい人間なのかもしれません。人として、なにかを忘れてしまっているのかもしれません。だけど、止まるわけにはいかないのです。

いいえ、もう止まれないのです。そういう生き方しかできませんから……

駄目ですね。こういう時、シオン様に会いたくなります。前よりもかなり弱くなってしまいましたわ。

シオン様を心から愛しています。この想いが、新国王のように純粋なモノなのか、私にはわかりません。でも、この想いに嘘は吐きたくない。それをしてしまったら、私は壊れてしまう。ほんと、駄目ですね。感傷的になってしまいましたわ。

「……セリア皇女殿下」

新国王が私の名前を呼びました。

「もういいのですか？」

最後になるかもしれませんよ、と続けませんが、新国王には伝わっているはずです。

新国王は小さく頷《うなず》きました。わかりましたわ。

「では、いきましょうか」

私は新国王の腕を掴《つか》むと転移魔法を発動しました。

王宮内は静かでした。

誰にも気付かれていないことに、内心ホッと胸を撫《な》で下ろします。かなり、予定時間を越してましたから。

「では、五日後。お父様と共に参りますわ」

「わかりました、セリア皇女殿下。私の我儘《わがまま》を叶えていただきありがとうございます」

新国王は私に頭を深々と下げます。続く礼の言葉に軽く頷《うなず》くと、私はスミスとクラン君と一緒にコンフォート皇国に一旦戻りました。一応、報告しないといけませんからね。

学生寮に戻ってきたのは、もうすぐ夜が明ける時間帯。お風呂に入り出てきた時は、外は薄っすらと明るくなっていました。

「セリア様？」

呼ばれて振り返れば、そこにいたのは心配そうな表情をした侍女でした。部屋着のままボーっと立って、外を眺めている私を心配したのでしょう。

「……大丈夫ですわ。少し出かけてきます。仕事は昼以降に纏《まと》めてやりますから、スミスにそう伝えてください」

「畏《かしこ》まりました」

どこにいくのか、訊《き》かなくてもわかるみたいですね。まぁ、私のいく所なんて決まっていますがいつものローブを羽織り飛びます。

もう起きているかしら。ベッドにこんもりとした塊があります。まだ寝ていらっしゃるのね。無性に、シオン様の寝顔が見たくなりましたので、そろりそろりと近付きます。

あれ？　もしかして起きてます？

「残念。起きてましたの」

「そりゃあ、起きるだろ。寝室に誰か入ってきたら」

「その割には、殺気を感じませんでしたが」

「相手がお前だってわかってるのに、なぜ殺気を放たなきゃいけないんだ」

変な顔をされましたわ。

「私だとわかったんですか……」

「当然だろ」

それを聞いて、自然と笑みが浮かびます。

シオン様、わかっていますか。

貴方のちょっとした言葉が、私を元気付けてくれることを。非常識な時間帯に来ても、なにも聞かず、笑って受け入れてくれる優しさに、私がどれだけ救われているのかを。

この人を愛してよかった。手に入れることができてよかった。もう手放せない。言い方は悪いけど、禁止薬物と同じですね、シオン様は。

「……シオン様。今日のお仕事は昼過ぎからでしたよね？」

「ん……なんで俺の勤務時間を把握してるんだ？」

訊《き》きます？　でも、引かれるのは嫌なので内緒です。

「そんなのどうでもいいじゃないですか。私も昼まで休みを入れたんですから、昼まで一緒に寝ませんか？」

そう言いながら、勝手にシオン様のベッドに潜り込みます。シオン様の匂い……体温も感じます。温かくて癒やされますわ。リラックスしたからなのか、急に睡魔が襲ってきました。

あっ、でも、眠りに落ちる前に言っとかないと。念のために防音魔法をかけます。

「シオン様。五日後、一日空けといてください。私とお父様と一緒にグリフィード王国に行きますから」

「グリフィードに？」

「つい先ほど、裏で新国王と会談しましたの。五日後、正式にグリフィード王国はコンフォート皇国の領土になりますわ」

横になって話す内容ではありませんが許してくださいね。シオン様。

「そうか……わかった。頑張ったな」

顔を顰《しか》めることなく、シオン様は頭を撫《な》でてくれました。

「……おやすみなさい。シオン様」

「ああ。おやすみ、セリア」

大きな手ですね、シオン様。幸せな夢が見れたらいいな。もちろん、シオン様が出てこないと、幸せな夢にはなりませんからね。


シオン様の所で英気を養った後、後ろ髪を引かれる思いで戻ってきました。

「お帰りなさいませ」

私の側近の侍女二人が出迎えてくれます。

「ただいま」

さっそく着替えて身なりを整えると、学園の製作室にきました。

もうここが、私の執務室になっていますね。

「スミス、クラン君、昨晩のことといい、我儘《わがまま》を言って悪かったと思っています」

書類を持ってきたスミスと、仕分け作業をしているクラン君に謝罪しました。

「俺に謝罪はいらないですよ」

「私にも必要ありません。ただ、一つだけ、お聞かせいただけますでしょうか？」

珍しくスミスが、あらたまって訊《き》いてきました。

「なんでしょう」

少し身構えます。侍女二人も、クラン君も、聞き耳を立てながら作業してます。

「なぜ、新国王陛下をご家族に会わせたのでしょうか？　下手をすれば、掌《てのひら》を返す危険性もあったでしょうに」

もっともな質問です。付け加えるのならば、

「今もその危険性がありますね」

「わかっていながらなぜ？」

「頭ではわかっているのです、駄目だと。我が皇国のことを考えれば、それは悪手だとね。いくら人質としてこちら側に二人がいても、グリフィードでは二人はすでに死人。なんの歯止めにもならない。わかってはいるのですよ。……でも、断れなかった。心が断れなかったのです。自分でも、とことん甘い性格だと思いますわ。でもね、不思議と後悔はしていないのです」

自分に苦笑しながら答えます。

「そうですね。本当に甘い性格をしてらっしゃいます。非情になりきれない。それで、自己嫌悪に苛《さいな》まれて、コンフォ伯爵様の所に逃げ込んだのですね」

さすがスミスです。主を容赦なく、ズバッと言葉のナイフで突き刺します。一気に致命傷を負ってしまいましたわ。事務作業に支障をきたしたらどうするのです？

あぁ……それでも、しなきゃいけないんですね。わかりました、やりましょう。シオン様の温もりを思い出し、少し傷を治しながら頑張りますよ。

そして、事務作業があとわずかになった時、私はスミスを呼びました。

「なんでしょう？」

「皆に話があります。全員、集めてください」

これからのコンフォート皇国について、大事な話。まだ正式に書類を交わしてはいませんが、心積もりはしといてもらわないと困ります。だって今から集まる者たちは、私の側近なのですから。

「セリア様。皆集合しました」

スミスの声に顔を上げます。私の事務作業もちょうど終わりましたわ。

「仕事中に呼び出して悪かったわね」

皆の顔を見ながら答えます。念のために防音魔法を二重にかけましたわ。そして、それが気付かれないように、認識魔法を施しておきましょう。施錠も忘れずに。これから重要な話をするのですから。

この場にいる全員が、新人のクラン君でさえ、私が施した魔法に気付いています。皆に緊張が走ります。

「五日後、グリフィード王国が地図上から消えます」

スミスとクラン君以外、皆息を呑んで驚いていますが、声を上げる者はいませんわ。さすが、スミスの教育の賜物です。

「そして、グリフィード王国は我がコンフォート皇国に吸収されます。おそらく、元グリフィード王国を統治するのは、私になるでしょう。この場にいる皆は、私の側近です。これから責任も、気苦労も今以上にかけると思いますが、よろしくお願いいたします。私を支えてください」

「畏《かしこ》まりました。皆今以上に、これから先、セリア皇女殿下をお支えいたします」

代表して、スミスが答え頭を深々と下げました。後を続くように、皆頭を下げます。

あれ？　一人浮かない顔をしている人がいますね。

皆が解散した後、私はクラン君を呼び止めました。

「クラン君、どうかしましたか？」

「セリア様……俺が、側近でいいんでしょうか？」

「私の側近は嫌？」

そう訊《き》けば、焦りだすクラン君。

「ちっ、違います!!　側近に加えていただいたことは嬉しいです。名誉だと思います」

「なら、なぜ？」

「俺は平民です。それも最下層の貧民です。そんな俺が……」

「だからどうしたのです。私が見込んで手元にわざわざ置いたのです。私の見る目がなかったと仰《おっしゃ》りたいのですか？」

「そんなことは」

「なら自信を持ちなさい。確かにこれから先、貴方を攻撃してくる人が出るでしょう。そんなもの、蹴散らしてしまいなさい。クラン君、貴方なら絶対にできますわ」

そう言った後、私は思いっ切りクラン君の背中を叩きました。

少し痛がるクラン君を見て、久し振りに声を上げて笑いましたわ。ありがとう、クラン君。

☆　★　☆

五日後の昼前。約束通り、私たちはグリフィード王国を来訪しました。

グリフィード王国の王宮の中庭に現れた集団に驚く文官たち。中には少数ですが、騎士の姿も確認できます。慌てて私たちの方に駆け寄り、抗戦しようとする騎士。

それを横目で見ながら、お父様は楽しそうに皆に告げました。

「それじゃあ、いこうか」

目指す場所は新国王陛下のいる場所。

「移動していますね」

意外と行動が早いですね。でも、魔力を覚えているから大丈夫。

「だとしても、俺たちには関係ないけどな」

やっぱり、追いかけられるより追いかける方が気分がいいですね。

それはお父様も同じようで、幾分声がウキウキしています。

「どうかしましたか？　大隊長」

今は仕事中なので、呼び名は役職名です。隣にいるシオン様を見上げると、微妙な表情をしてらっしゃいます。

「いや、別になんでもない……（本当に魔力で居場所がわかるんだな）」

「そうですか……」

気になりますね。

「おいおい。仮にも仕事中なんだから、こっちに集中しろ」

少々うんざりしながら、お父様が注意します。

「ちゃんと集中していますよ。で、アレどうします？　排除しますか？」

一応、今回の私の役目はお父様の護衛です。ほんとはまったく必要ないんですけどね、シオン様も。言わば、圧力をかける手段としての存在なのかもしれません。

なんせ、コンフォート皇国の二柱がいるのですから、コンフォート皇国の本気度が理解できるでしょう？　まぁ、それを判断できる方が残っていれば幸いですけどね。

「その必要ないな。見てみろ。もう膝が笑っているぞ」

まだなにもしていないのに、この状態ですか？　これで王族を護る近衛騎士だとしたら、頭を抱えてしまいますわ。

「そこを退きなさい。私たちは国王陛下に見参するだけです。害を与えるつもりはありませんわ」

「そ、その言葉を信じられるか。た、ただの謁見じゃないだろ。なら、私は陛下を護る」

「実力はなくても近衛騎士の気概はあるようですね。だけどね、今は時間がないの。通らせてもらうわね」

素早く近衛騎士の背後に回り込み手刀で眠らせました。

「国王陛下の身は安全だろうな」

少し硬いお父様の声に、私は頷《うなず》きます。

「念のために、国王陛下には護符を仕込んでおりますので、その点は大丈夫ですわ」

愚かな家臣（仮）が追い詰められてなにをしでかすかわかりませんからね。現に、国王陛下の側室を生贄《いけにえ》にしようとしていましたし。なので、気付かれないよう仕込んでおきました。

「さてと……それじゃ、乗り込むとするか」

お父様の声を合図に、同伴していた騎士が扉に手をかけ、勢いよく開けました。魔法で打ち破るなんて乱暴な真似はいたしませんよ。ちょっと憧れますが。

「我が国を力ずくで奪いにきたか!!」

私たちを確認するなり激しく激高する、グリフィード王国の貴族たち。いや、自称側近たちね。騎士は抜刀し、私たちに剣先を向けています。一歩踏み出せば斬りかかる気満々です。なにも知らない彼らにとったら、私たちは賊でしかないですよね。

「なにを言う。私たちはそちらの国王陛下から招待を受けてきたんだが。現に、私たちは抜刀していないだろ」

お父様は余裕綽々《しゃくしゃく》で答えています。明らかに、彼らの反応を楽しんでいますね。黒い洋服を着てらっしゃいますから、完全に私たちが悪役、悪者のようですわ。さながら、魔王と配下の魔族ってところですか。

「そんな話、信用できるか!!」

「だったら、後ろにいる国王陛下に尋ねればいいだろ?」

お父様がそう答えると、自称側近たちはチラリと後ろを振り返る。

さすがに、近衛騎士は振り返りません。

私も新国王から視線を外さなかった。

さぁ、どう答えるのかしら。なぜ黙っているの？　愛する妻と息子の姿を見て、命が惜しくなったのかしら。だとしても、ここまで来た以上、あとには引けませんよ。それは、貴方でもわかるでしょう。

「…………コンフォート皇帝陛下の仰《おっしゃ》る通りだ。私が招待した」

重く絞り出す声が、新国王の胸中の激しい葛藤を晒《さら》していました。

「「国王陛下!!」」

自称側近たちの悲鳴が上がります。それを一切無視し、新国王は騎士に命じた。

「剣を収めよ!!　コンフォート皇帝陛下、遠い所から来ていただき感謝する。さぁ、こちらへどうぞ」

そして、新国王は謁見室へと自ら案内しようと、自称側近たちに背を向けた時でした。ナイフを隠し持っていた自称側近が、あろうことか自国の国王を刺しました。

その場に崩れ落ち、床に倒れ込む新国王。

「「陛下!!」」

近衛騎士の一人が新国王の処置のために膝を付きます。もう一人の騎士は剣先を刺した男へと向けています。

「やっぱり、紛い者は紛い者だったわけか……」

緊迫した空気の中、犯人が荒い息をしながら吐き捨てる。

「国王陛下は死んだ!!　コンフォートのやつらが殺したのだ!!」

犯人の声を合図に、自称側近たちが、まるで敵将の首を取ったかのように、声高らかに言い放ちました。エマ様の二番煎じですか。

「殺した？　我々がか？」

お父様の声はとても低いです。完全につみましたわね、あのゴミたちは。

「そうだ!!」

「この状況を見て誰も、俺が刺したと思わないと思うがな」

言葉遣いが普段のものに戻ってますよ、お父様。

そもそも、私たちより後方にいた新国王を、どうやって背後から刺すのです。誰の目から見ても不可能な話でしょう。それに、これだけの目撃者がいての発言。

ほんと、不愉快でおかしな話ですよね。

「ふん!!　ここはグリフィード王国だ。我々の意見が通るに決まっているだろ!!」

自信満々に声を張り上げる自称側近。

その台詞《せりふ》に、お父様と私はニヤリと笑います。

「なにがおかしい!!」

「この王国じゃあ、国王陛下の命よりも、そこにいる古狸の方が大事なのか。変わった国だな」

お父様が完全に蔑み切った目で自称側近たちを見ています。お父様だけではなく、この場にいる全員同じ目をしています。

まぁ、この体たらくなら、こんな未来が来るのも当然というか……くるべきものがきたって感じですね。まともだった、前国王陛下と王妃様が哀れですわ。

「それは今さらではありませんか、皇帝陛下。王子が王子でしたし、元々、私たちとは認識が違う国なのですよ」

「そのようだな」

お父様が頷《うなず》きます。

それに反応した自称側近は、さらに激高しました。

「うっ、煩《うるさ》い!! いつまでもその余裕が続くと思うなよ!!」

三流悪党の台詞《せりふ》ですよね、それ。

「果たして、そう簡単に進むかな」

お父様の笑みがさらに深まります。真っ黒ですね。

「どういう意味だ?」

訝《いぶか》しげに顔を歪《ゆが》める、自称側近。

「見てみろよ」

不敵に笑いながら、お父様は顎で指します。

そこには、ゆっくりと起き上がろうとする新国王がいました。

さぁ、自称側近さん、貴方はどうします?

起き上がる新国王を見て、自称側近たちは完全に固まってしまいましたね。近衛騎士は驚愕《きょうがく》しながらも新国王を護っています。

それにしても、そんな亡霊を見るような目をしなくても、ちゃんと足があるでしょうに。

「この者たちは謀反人たちだ!! ただちに捕らえよ!!」

新国王の号令と同時に騎士たちは自称側近たちを捕縛していきます。自称側近たちは必死で足掻《あが》きました。普通の縄ではないのに、解けるわけないでしょう。縄のように見えるそれは、近衛騎士が使う捕縛魔法ですわ。

なので、本人か捕らえられた者が大量の魔力を流さない限り解くことは不可能。

「解け!! お前ら、偽陛下に与《くみ》する気か!!」

新国王を刺した男が床に転がりながら怒鳴り付けています。

「ほぉ～では、グリフィード王国は我々を騙《だま》したことになるな」

お父様の楽しげな声が室内に響きます。

ほんと、愚かですわね。偽者と声高らかに宣言して、なんの得があるのでしょう。

偽者を前国王陛下と王妃殿下の葬儀に参列させ、周辺諸国に次期国王陛下の顔見せをした以上、目の前にいる青年は、グリフィード王国国王陛下なのです。

そうでなければいけないのです。

もし、青年が偽者ならば周辺諸国を騙《だま》したこととなり、信用は失墜するでしょう。それでなくてもいろいろ問題をおこし、周辺諸国は距離を置いているのに、それすら気付かないのですね。

昔はそんなに腐ってはいなかったのですが、いつから腐り始めたのでしょう。考えても仕方ありませんわね。

「お怒りをお鎮めください、コンフォート皇帝陛下。彼らは私を傀儡《くぐつ》の王にしたかったのでしょう。

それができなかったから、こんな愚かな真似をしでかしたのです」

　新国王は深々と頭を下げ、私たちに謝罪します。

「では、コンフォート皇国がそなたの側室を殺害したという濡れ衣も、この者たちが企てたというわけか」

　打ち合わせ通りです。会談の際、エマ様は死んだままにすると決めました。その方が彼女と子供のためだから。それに政治上、彼女が死んだ方が話が上手くいくと考えたからです。

　人の生死も駒になる、それが政治なのだと、あらためて思い知りましたわ。

「はい。先日、我が側室を殺害した犯人が自供しました」

　新国王に会いにいった時にプレゼントいたしましたの。それはそれは、良い笑顔で受け取ってくれましたわ。

　真っ赤から蒼白になる自称側近たち。仲間の一人が新国王を刺した時点で彼らの未来はすでに決定しています。そして、彼らの命もまた政治の駒になるのです。グリフィード王国の民を護る贄《にえ》にね。

　正式な会見を経た後、グリフィード王国はコンフォート皇国に対する数々の不始末の責任をとり、我が皇国に吸収合併されることとなりました。

　その瞬間、地図上にあった国が一つ消えたのです。

　処刑場に屍《しかばね》が並びます。自称側近たちとエマ様を殺害しようとした者、新国王を刺した男に関しては、三親等の親族全員が処刑されました。

そして全ての責任をとり、新国王も毒杯を飲み干したのです。


グリフィード王国が地図上から消えて一か月後。

久し振りに登校できました。正確に言えば、授業を受けたのが一か月振り。

朝のホームルームにだけ出た日もあったのですが、忙しくて、それも数えられるくらいですわ。

グリフィード王国がコンフォート皇国に吸収された件の事後処理で、両国の王宮をいったりきたり。学園に戻ってくるのも時間がまちまちで、戻ってきても、コニック領の仕事が山ほど残ってるんですけどね……これって、完全に過労死コースまっしぐらなのでは。

「久し振りに潜りにいきますか？」

机の上でなかば放心状態で判子をついてる私を見兼ねて、クラン君が提案してきました。

いつもなら、「コンフォ伯爵様にお会いになったらどうですか？」と言ってきそうですが、今回はそうもいかないのです。私と同様、シオン様も忙しく飛び回っておいでです。なので、邪魔はできません。それに、落ち着いたら、二週間の休みが貰えますもの。あと少し頑張れますわ。

「潜るのは次の機会にしますわ。ありがとう」

前半はクラン君に、後半は紅茶を淹《い》れてくれた侍女に伝えます。濃い目の紅茶の渋みに目が覚めるわ。

「これを飲んだら、少し出かけてきます。お菓子を手土産《てみやげ》用に包んでくれるかしら」

エマ様の子供に渡す分ですわ。時間があれば様子を見にいっていますの。慣れない土地での生活ですからね。

死んだことになっている彼女がグリフィード王国にいるのは危険ですから、念には念をいれて保護してますの。お母様の管轄内なので安心です。

今は二人とも元気で暮らしていますわ。でも、陰ではきっと泣いてるでしょうね。だって、新国王は自決したことになっていますから。

自称側近たちの不始末と、今までグリフィード王国が繰り返してきた不始末の責任をとり、自ら毒杯を飲んだ、とそう発表しました。略式ですが、葬儀もしました。

エマ様親子には真実を話そうか悩みましたが、結局、話さないことに決めました。新国王の意思です。

私たちはそれを了承し、私の息がかかっている場所で、新国王だった男は皇国の一市民として一生懸命働いてくれてます。訓練所の校長としてね。

どうも、ハンターという生き物は対人関係が苦手な人が多くて、時には貴族相手にしなければならず、その点を鑑みて彼が適任と判断しましたわ。

新国王もエマ様親子も、生活に慣れたとまでは言えませんが、時間をかけて慣れていくでしょう。特に、彼女たちの側には敵意を持った人はいませんからね。お母様の息がかかった診療所ですから、ゆっくりと心と体を癒やしていってくれればいいと思います。

そしていつの日か、家族で暮らせるような日が訪れればいいなと心から願いますわ。

「ならばこれもお持ちくださいい。セイラ様に頼まれていた茶葉です」

侍女から麻袋を手渡されます。

お母様に？　魔の森産の茶葉ですね。市場に流してはいませんから、手に入れるなら伝手を持ってないと入手不可能。コンフォ伯爵領でしか入手できない紅茶で、幻の紅茶と呼ばれているそうです。私は常飲していますけどね。

管轄内に飛ぶと、お母様が待っていらっしゃいました。

私とお母様から少し離れた場所で子供と一緒に遊ぶエマ様。

この場所は死角なので二人からは見えません。

「会わなくていいの？」

お母様の問いに、私は軽く首を横に振ります。

「私はエマ様たちにとって、憎い仇《かたき》ですから」

コンフォート皇国が、グリフィード王国を吸収したのは事実です。

「彼女はそう思ってないわよ」

そうですね。エマ様は私を仇《かたき》とは思わないでしょう。新国王の死を告げ終えると、深々と頭を下げ「ありがとう」と言える気丈な方ですからね。でも、内心は複雑だと思います。

「それでも、私が姿を見せてやっと落ち着いた彼女の気持ちを掻《か》き乱す必要はないでしょう」

ようやく落ち着いてきたのに。

「セリア……貴女はいつも損な役回りを引き受けてしまうのね」

お母様の台詞《せりふ》に私は苦笑する。

「仕方ありませんわ。いつものことですから」

「達観してるわね、セリア。貴女本当に十五歳なの？」

「一応そうですわね」

たまには子供っぽいことを言ってみたいものですわ、容姿通りに。

「ところで話変わるけど、落ち着いたら休暇を取るのよね？」

「二週間だけですけど」

「なら、ちょうどいい別荘があるわ。どう？」

別荘ですか？　それは興味ありますわ。

「どこにあるのです？」

「昔、私が隠れ家にしていた家よ。今は使っていないけど、手入れはしてるから大丈夫。静かで、とても美しい所よ。あっ、でもムードが出すぎて、シオンには苦行になるかもしれないわね」

それは別の意味で最高ですわ。でも、はっきりとした場所は教えてくれないんですね。ということは……もしかして、どこかの孤島ですか？　それとも、どこかのダンジョン内ですか？　どちらでも構いませんわ。隠れ家にしていたのなら、誰も邪魔されない場所ってことですわね。

二週間、まったりとシオン様と二人で過ごせる場所ならどこでも大丈夫です。

「お言葉に甘えていいですか？　あっでも、シオン様にも訊《き》かないと」

もし、シオン様が用意していたら困りますからね。婚約者としては、夫になる方を立てないと。

「シオンには私から打診しとくわ。セリア忙しいでしょ」

にこにこと微笑みながら言われると、どこか不安になる私は親不孝者ですか。

「……圧力をかけないでくださいよ」

「そんなことしないわよ」

本当ですか？　疑いの目を向けてしまいます。

「でも、普通は断れないわよね。義理の母親の言葉には」

それを圧力って言うんです、お母様。

でも、今回は聞かなかったことにしますわ。お母様の隠れ家に興味がありますから。お母様は、自分のことに関しては無頓着ですが、住む場所と食べ物に関しては力を入れまくりますもの。

なので、絶対大丈夫ですわ。ハズレはないでしょう。

私にとっては、シオン様と一緒にいる場所が一番素敵な場所なんですけどね。

第五章　ピクニック代わりにダンジョンへ

やっと、待ちに待った休暇の日。

休暇の前日までお父様はとても嫌そうな顔をしていましたね、いき先を知ってから特に。理由の大半は行き先がお母様の別荘だから。それも、自分が知らない別荘であるのが気に食わないだけ。娘に嫉妬するお父様。とても心が狭くて、面倒くさくて、できれば関わりたくないです。

あとは、私の長期休暇を認めたくないから。

当然の権利ですよ。そもそも皇族とはいえ、未成年をここまで働かせたのです。少しは悪いとは思わないんですか。まったく、文句を言い出したら止まりませんわ。

なかば強行突破なのでその分、休暇明けがとても怖いですが、近いうちにシオン様がコニック領に来られるので、精神的にはかなり楽になるでしょう。いろいろ問題もありますが、今は休暇を楽しむことが一番なので気持ちを切り替えないと。次がいつになるかわかりませんからね。

休暇先がお母様の別荘ですから、なにかあるとは思うのです。でも、邪魔が入らないのは確約済み。そこのところ、お母様は絶対手を抜きませんからね。

「シオン様、本当にお母様の別荘でよかったのですか？　もしかして、別の場所を探してくれていたのでは？」

忙しくても、シオン様のことです。私のためにいろいろ模索していたと思います。

「探してはいたが、正直迷ってたからちょうどよかった」

「ほんとに？」

シオン様の顔を間近で見上げます。

「ああ」

微笑むシオン様に私も微笑み返します。ほんと優しいですよね。

たぶん、お母様になかば脅迫されたはず。やっぱり、友人でも義理の母親には逆らえませんよね。

ごめんなさい、シオン様。

「今から楽しみですわ。シオン様」

内心謝りながら微笑みます。そして、シオン様の頬に手を添え目を瞑《つぶ》りました。

近付く、シオン様の体温、初めは軽く、回数が増える度に深くなっていきます。

「……セリア」

いつしか、首元に唇が移動していました。

「シオン様。くすぐったいですわ」

身を軽く捩《よじ》ります。ほんとにくすぐったいんですもの。当然、恥ずかしさもありますわ。

「それだけか？」

シオン様がいたずらっぽく訊《き》いてきました。その時です。

「例のお仕置き、まだ有効よ、シオン」

呆《あき》れた女性の声がしました。

「お、お母様!!」

「セイラ!!」

慌てて、私はシオン様の膝から下ります。

「……仲がいいのはいいことだけど、私がくるのわかっていたよね」

確かにその通りですから呆《あき》れるお母様に、私とシオン様はなにも言えません。

「申し訳ありません」

「悪い」

ここは素直に謝ります。

「まったく。私が止めなかったら始めてたでしょ」

なにを？　とは訊《き》きません。お母様、そんなに赤裸々に言わなくても。

「ちょっと、抱き締めただけだ」

シオン様の目が泳ぎます。バレバレですわ。

「初めはそのつもりでもね……」

このままだと話が長引きそうですわ。貴重な時間がもったいないです。

「お母様、早速行きましょう。お母様の別荘に行くの初めてですから、楽しみです」

「そう？」

「はい。訓練所や隠れ家には行きましたが、別荘は初めてですわ。お父様もまだ行ったことがないんですよね」

「そうね、教える必要ないから。セリア、シオン、準備できてる？」

バッサリですね、お母様。

「もちろんですわ」

「もちろんだ」

それじゃあ出発です。転移魔法で移動しますからあっという間に着きますけどね。

お母様の別荘は想像していた通り、ダンジョン内にあるみたいです。といっても、結界が張ってあるので見た目ただの崖。私たちは崖の下に立っています。

結界が張られるのは、特におかしなことではありません。未知数の、まだ探検が済んでいないダンジョンは人が入ると危険なので、間違って入らぬよう魔法で出入口を塞ぐことがあります。

でも、今回は違う。逆ですね。攻略したことも、ダンジョンがあることも隠しておきたいのでしょう。そうでなければ、ダンジョン内に別荘を建てはしないでしょう。

「じゃあ、今から解くわ」

入口が開く。この奥にお母様の別荘があるそうです。

攻略済みとはいえダンジョンなので、もちろん警戒しながら歩きます。ダンジョンはある意味、魔の森と同じですからね。共通している点も多いのですが、違う点が一つあります。

ダンジョン内で発生した魔物はダンジョンの外に出ないのです。

著名な学者やハンターが研究しているようですが、まだこれといって進んではおりません。その点からも魔の森と一緒ですね。

何度も申しますが、ダンジョンには魔物が多く棲《す》んでいます。人を見れば、まず襲ってきます。魔物にとって人はご馳走ですから。なのに、魔物はいても襲ってはこない。

出てくる答えは一つ。お母様の突飛な行動はよく知っていますが……まさか、ダンジョンマスターになっていたとは。まぁ、人の枠からかなりはみ出た方ですから、それもアリかもしれません。深くは追求しませんよ。親子間でも知らなくていいことがありますからね。もちろん、このダンジョンの場所も訊《き》かないでおきましょう。どこから漏れるかわかりませんからね。

魔物が攻撃してこないなら、もう気分はピクニックです。シオン様が一緒なので、デートです。一応ダンジョンだから、薄暗い洞窟内を歩くとばかり思っていたのですが、洞窟内は歩きやすいように舗装され、仄《ほの》かな灯りが洞窟内を照らしています。ダンジョンマスターなら、ダンジョンを自分の好みに変えることなんて簡単にできますよね。

一階層から九階層までは魔物が出てきましたので、普通にダンジョンでした。途中滝もありましたね。迫力があって、間近で見ることもできますの。細かい水滴で服と髪が濡れてしまいましたが、楽しかったですわ。虹が滝にかかってとても美しかったです。途中、シオン様が顔を横に逸らしていました。

「どうかしましたか？」

濡れたままの姿で、シオン様を見上げます。

ちなみに今日は、勝負下着着けてます。小悪魔可愛い系ですけど。

「別になんでもない!!」

さらに焦ったシオン様は、やや大きな声で答えると歩くスピードを上げます。

その背中に、前から気になっていたことを尋ねてみます。

「シオン様、お母様が言っていたお仕置きってなんですか？」

「それは、セリアには関係ないことだ!!」

あれ？　さらに真っ赤になってませんか？　項《うなじ》まで真っ赤ですよ。その反応でなんとなく察しました。大人なのに、子供の私に反応してくださるなんて嬉しいの極みですわ。でもこれ以上、シオン様に悪戯《いたずら》したら駄目ですね。へそ曲げられたら嫌ですもの。

どうやら十階層が居住区らしく、十階層に下りる手前、お母様が私とシオン様に話しかけてきました。

「ここはね、私の避難場所でもあるのよ、自給自足ができるからね。太陽光も入るように工夫してるから体調面も万全よ。驚かないでね」

地下なのに太陽光……？　どうやって？　魔法？　そんな魔法ってあったかしら？

頭を捻っても答えは出ません。結局のところ、お母様が言うのだからって納得できるから、やっぱり、お母様は凄い魔術師ですわ。

二週間、いろいろな意味で楽しめそうですわ。


十階層に到着。

そこは長閑《のどか》な田園でした。

牛も羊もいます。遠くにヤギもいますね。この様子だと鶏もいますね。自給自足できますね。探せば野生のウサギとかリスもいそうです。

本当に長閑《のどか》ですね〜暑くも寒くもなく、風も心地良いです。一応ダンジョン内でしたよね……ここ。もうなにも突っ込みませんが。

遠くでなにかがキラリと光りました。一角ウサギですね。角が生えた巨大ウサギ。体長一メートル前後です。魔物ですよ。性格は凶暴で肉食、時には熊をも襲う凶暴ウサギですが、家畜は襲わないようです。

田園地帯を歩くこと約三十分。

私たちの目の前に、木製のロッジ風のこぢんまりとした家が二軒建っていました。

お母様が前もって知らせていたのか、家の中から二人の侍女が出てきました。どうやら亜種族の双子のようですね。獣人と言った方がいいでしょうか。

「……彼女たちを保護しているのですか？」

私はお母様に尋ねます。

だって、獣人の地位はとても低いから。私は特になにも思わないのですが、人族の中には獣人を毛嫌いする方が一定数います。人と獣が混じった穢《けが》らわしい者などと言ってね。

ほんと、そういうのを聞くと悲しくなるわ。

「ええ。この子たちは奴隷業者に捕まっていたのを助けたのよ」

犯罪を犯したとか借金があるわけでもないのに、獣人族は美形が多いから、その手の業者やマダム、貴族たちに人気があると聞いたことがあります。まるでペットのような扱いです。ほんとに胸糞悪い話ですよね。

「「お帰りなさいませ、マスター」」

「なっ、なんて可愛いの!!」

歓喜の悲鳴を上げてしまいました。

メイド服を着た十歳くらいの美少女がお母様の隣に立ち、耳を横に倒してフワフワな尻尾を振っています。

でも、すぐに私とシオン様に気付き警戒します。見たところ狼の獣人ですね。獣人の中でも特に家族と主を大事にするのが狼ですから、当然の反応です。

「紹介するわ。目元にホクロがあるのがマロ、それがないのがシロね。ここにいる間、二人にセリアとシオンの世話をさせるわ」

そうお母様が告げた途端、ビクッとシロとマロの体が強張って嫌々なのがわかります。でも群れのトップに命令されれば嫌でも従わないといけませんものね。それとは別に、もう少しマシな名前があったんじゃないかしら。それとも本名なの？

「よろしくお願いいたします。セリア様、シオン様。マロと申します」

「私はシロと申します。セリア様、シオン様」

マロとシロは軽く頭を下げます。

「こちらこそよろしくお願いしますわ。シオン様は私の夫になる方なの。よろしくね」

必要ないと思いますが、少し牽制《けんせい》しときましょう。

どうしたのですか？　二人とも驚いた顔をしてますけど。そんな中、マロが口を開きます。

「シオン様はセイラ様の番《つがい》ではないのですか？」

番？　確か獣人たちは伴侶を番って言っていましたよね。

「シオンはセリアの番《つがい》よ」

お母様の言葉に私、感動しました。番《つがい》……番《つがい》……良い言葉ですわ。

「………犯罪臭が……」

「完全に犯罪です」

感動している私の前で聞こえるマロとシロの呟《つぶや》きに、シオン様がみるみるしぼんでいきます。もしシオン様に獣耳があったのなら、絶対耳がたれてましたね。

今さら気にしても仕方ないでしょうに。年齢差は神様でもどうすることもできませんわ。ほんとに仕方ありませんね。そういう所も可愛いのですが、さすがに犯罪は言いすぎですわ。

「私の未来の旦那様が犯罪者だと言いたいのですか？」

低い声で、少し威圧を込めて尋ねました。

すると尻尾を足の間に入れて、マロとシロは震えながら必死で謝ってきました。

「仕方ありません。今回は許してあげましょう。代わりと言ったらなんですが、耳と尻尾を触らせてくれませんか？」

脅しすぎたのでしょうか。いくら頼んでも、尻尾と耳は触らせてもらえませんでした。非常に残念です。今も目の前には魅惑的な揺れる尻尾が……ピクピクと動く耳が……

あ～どうしても触りたいですわ。できれば、尻尾に顔を埋めたいです。さぞかし、フワフワなんでしょうね。

「……セリア様は、マスターの血を色濃く引き継いでいらっしゃいますよね」

なんの脈絡もなしに、突然マロからそう言われました。

「よく似ているって言われますわね、特に外見が」

中身はお父様と瓜二つと言われていますけど。

「外見だけでなく、嗜好《しこう》もよく似てらっしゃいます。私たちを見る目が同じです」

どういう意味でしょう？

「本当にわからないという顔をしていらっしゃいますね」

シロが呆《あき》れた顔をしながら被せてきます。

「セリア様は、私たちの尻尾をどのように触りたいのですか？」

マロが訊《き》いてきます。

「できれば頬ずりしたいですわ。させてくれるのですか‼」

思わず、身を乗り出してしまいました。隣でシオン様がなにか言いたそうにしています。

マロとシロは完全に引いていますね。触らせないように自分の尻尾を抱き締める様は悩殺ものですわ。プラス、小鹿のように震えています。

「……つまり、それは私たちに求婚してるということになりますが、よろしいのですか？　隣に婚約者がいらっしゃるのに」

求婚？　どういうことなのか、首を傾げます。

「やっぱり知らなかったんですね。シオン様はご存じのようですが。……いいですか？　セリア様。獣人は身内しか尻尾と耳を触らせません。他人に触らせるのは、よほど親しい方か配偶者だけです。なので、尻尾を触らせてほしいは求婚になります」

シロが丁寧に教えてくれました。

え……!?　ちょっと待って。つまり、私はマロとシロに求婚していたのですか!?　シオン様がいらっしゃるのに!!

隣からヒシヒシと冷たいものを感じるのは、気のせいではありませんね。とてもとても愛しい方なのですが、横を見るのを体が拒否反応を示しています。

英雄、違いますね、今は魔王です。シオン様の姿をした魔王が降臨しました。

ダラダラと冷や汗が止まりません。

シオン様はなにも言わず隣にいます。だけど圧が……

シロとマロはいつの間にかいなくなっていました。逃げ足の速いこと。ということは、今、この部屋には私とシオン様の二人。こういう時に限って、頼みの綱のお母様もいつの間にかいません。

「……………あ……あの……知らなかったのです」

しどろもどろでなんとか言いました。

「セリアは誰に向かって言ってるんだ？」

シオン様の険しい声が返ってきました。つまり、こっちを見ろってことです。

わかってます、はい、わかってはいますが……

「どうした？　セリア」

圧が段々酷《ひど》くなってきます。

怒ってます、激怒です。知らなかったとはいえ、楽しみにしていた婚前旅行で、私は会ったばかりのマロとシロに恋人の前で求婚し続けていたので怒って当然です。

私は誠意を示すために、勇気を振り絞ってシオン様の方に体を向けますが俯《うつむ》いたままです。

「…………ごめんなさい。知らなかったんです。でも……そんなの言い訳ですね。私はシオン様を傷付けました」

「ああ、傷付いた。婚前旅行で、いきなり未来の妻が夫の目の前で求婚したんだからな」

どうしよう……これが原因で捨てられたら、私、生きていけるでしょうか。目頭が熱くなってきました。胸も鋭い痛みが何度も走ります。魔獣に腕を食い千切られた時よりも激しい痛みです。

「セ、セリア⁉」

焦ったのはシオン様でした。さっきまでの圧は完全に消えています。

知らなかったとはいえ、裏切ったことにかわりはありません。自分が許せない。

ボロボロと涙が止まりません。言葉も出てきません。喉につかえて出てこないのです。出てくるのは嗚咽《おえつ》ばかり。

そんな私をシオン様はソッと抱き締めてくれました。

「泣くな……泣かないでくれ」

シオン様の困惑した声が頭上でします。シオン様を困らせていると思ったら、なおさら涙が出てきました。いつまでも泣きやまない私を、頭や背中を撫《な》でながらシオン様はずっと抱き締めてくれました。

私がとんでもないポカをしたのは事実です。でも、ちゃんと仲直りしました。

お母様がいない時は定位置（膝の上）に座っていますし。シオン様は相変わらず優しいし格好よくて出だしこそ少しゴタつきましたが、婚前旅行を楽しんでいましたの。

なのに、この状況はなんですか？

なんで、シオン様を取り合うように獣人たちが取り囲んでいるのですか？　なかには、男性の方もいらっしゃいますね。それぞれがなにか言っているようだけど、皆だいたい同じことを言っているのでなにを言っているかわかりますわ。

「「……セ、セリア様」」

シロとマロが恐る恐る声をかけてきます。

「前に獣人は強い者に惹かれると聞いたことがありますが、それは本当のようですね。逆プロポーズですか。……でも、婚約を交わしている者から奪おうとするなんて、貴女たちの中では常識のことかしら」

私がダンジョンマスターであるお母様の娘であり、シオン様の婚約者であることも知っているはず。知っていて行動しているのですね。

「『いえ。それは違います!!』」

シロとマロは慌てて否定しました。

「そうかしら。私には到底そう見えませんが」

必死で否定しても説得力がないのはシロもマロもわかってはいるようです。それでも、否定します。

「た、確かに、獣人は強い者に惹かれる傾向はあります。特に群れで行動する者はその傾向が強いです。ですが、すでに婚約を交わしている者が相手ならばモーションはかけません。我々は獣ではありませんから」

マロが焦りながら答えるが、その言葉の端々に不快感が見え隠れしています。おそらく、同族に対してでしょう。狼さんもいますからね。

とはいえ、説得力ありませんわ。だって、ここに私がいるってわかってやっているのでしょ。わざわざ獣人たちが気付きやすいように窓を開けたのに。貴方たちは人族よりも鼻が利くのでしょ。つまり、わざと私に見せ付けているのよね。これって、間違いなく私に喧嘩《けんか》を売っていますよね。

そして一番腹が立つのは、シオン様が満更でもないことです。お人好しで可愛い物好きがここで仇《あだ》になりましたわ。

「そのように見えますけど? それとも、あれが貴女たちにとって普通の距離感なのかしら?」

「『いいえ!! それは違います!!』」

即座に否定するシロとマロ。

「そう……人族にも、盛りがついた方がいましたけど、その対処法は同じでいいのかしら？」

多少やり方は違うと思いますが、やるからには、相手の土俵上でないと面白くないじゃないですか。

「対処法ですか？」

恐る恐る、シロが尋ねてきます。

「ええ。力で潰してもいいのかしら？」

「力で……」

「武力行使で」

「それは……」

「はっきりと答えなさい。貴女方の流儀に添うよう配慮しているのですよ。もし、貴女が今の私と同じ立場ならどうします？」

「……決闘を申し込みます」

決闘ですか……それは単純ですが、いい方法ですよね。

「立会人は？」

「通常なら、長老に頼みます」

それが妥当ですわね。

「わかりました。では、貴女たちの流儀に添いましょう。マロ、今すぐあの獣人たちの長老に連絡を」

「畏《かしこ》まりました」

そう答えるとマロが退出しました。それを見送り、私はシロに視線を向けます。

「それでは行きましょうか」

もちろん、あの盛りがついた獣の所にですよ、決闘を申し込みにね。

「はい」

子供とは思えないほどの硬く冷たい声でシロは答えます。

「さすが、シオン様ですわ。その強さと魅力は少し剣術を教えただけでも、他者を惹き付けてしまうものなのですね」

初めから見てましたからもちろん知っていますよ。でもね、それとこれとは違います。にっこりと微笑みながら、私は今もシオン様に群がっている、盛りがついた獣たちに向かって声をかけました。

「あら、ヤキモチですか〜？」

最初に反応したのは狼の獣人でした。

明らかに馬鹿にした口調ですね。もしかして、私が自分より弱いと思ってらっしゃるの？ それに、動きやすいからといって、下着姿で歩き回るなんて変態ですか？ 完全に臍《へそ》が見えていますよね。それに、そんなに胸を強調するような格好で、シオン様に近付かないでくれます？ 汚れますわ。

心の中で文句を言っていると、狼の獣人はさらに体を密着させます。

ブチッとなにかが切れましたわ。そちらがそういう態度なら、こちらもそれなりの態度でお相手いたしましょう。

そう思い口を開きかけた時でした。

「リナ。貴女なにを言っているかわかってるの？」

背後から発せられたシロの声はとても低いものでした。

「呼び捨てね。族長の孫娘である私に対していつも偉そうに」

顔の造形は整ってるかもしれませんが、こういう人って本当に醜いですわ、表情が。

「族長の孫娘？　それがどうしたのです？　別に貴女が偉いわけではないでしょう」

「それは、あんたも同じでしょう!!」

あんたですか……

こういう人の反応ってどの種族も一緒なのですね。怒るというより呆《あき》れが先行します。

「ええ、そうですね。それで、いつまで私の婚約者に密着してるのですか？」

にっこりと微笑みながら離れるよう言います。すると、ウサギの獣人の娘さんがビクッと身を竦《すく》ませながら、上目遣いで言います。

「そんなに睨《にら》まないでください。私たちはいろいろ教えてもらってるだけですよ～」

ほんとに、この手の方たちって人間獣人問わず語尾を伸ばすのかしら、不愉快ですわ。そしてこの手の女は自分の魅力を誰よりも理解し、見せ方を知っています。なので、取り巻きがいる方もいますね。これも特徴的といえば特徴的ですね。私を睨《にら》み付けている方たちがそうでしょう。人族も獣人も変わらないのだと改めて思いましたわ。そしてこの手の方々は種別問わずいらっしゃるのですね。

あっ、でもすぐにシオン様に睨《にら》まれて、尻尾が足の間に入っていますけどね。ほんとに感情がわかりすぎて可愛いですね。

ここで引けばいいものを、図太い者はその視線にも負けず、牽制《けんせい》しているのに体を擦り寄せ続ける方もいますね。リナと呼ばれた狼とウサギと熊、あとは猫科の男が二人。

「いい加減、離れてくれないか!!」

シオン様が声を荒げると驚いたのかわずかな隙間ができ、ほかの者たちは自力で脱出してしまいました。残った五人は私を睨《にら》み付けます。

シオン様が私を抱き寄せようと手を伸ばしましたが、それをさらりと躱《かわ》します。

ショックを受けているシオン様に、私はさらに畳みかけます。

「なぜ、剣術を教え終えたら、逃げ出さなかったのです。いつでも逃げられましたよね」

先ほどのシロの声よりも冷たい声に、シオン様は固まり立ち尽くしています。

そんなシオン様を一瞥《いちべつ》して、彼女たちにゆっくりと近付きます。

一瞬、獣たちが怯《ひる》みました。

私はもう一度にっこりと微笑みます。

「私は獣人の世界は詳しくは知りませんが、聞くと、婚約中の方に対し貴女たちのような態度を取ることは、本来ならマナー違反だそうですわね。それは人族も同じですわ」

表情と口調がまったく噛み合っていない私の不気味さからか、熊と猫科の男二人は口を噤《つぐ》む。

「私たちを責めるつもり？」

「こっわ～い」

狼とウサギは黙らない。ほんと、いい神経してるわ。

「いえいえ、責めたりはしませんよ、シオン様はモテますからね。こういう時、貴女たち獣人の間では決闘をして解決するとシロとマロから聞きましたわ。なので、私から貴女たち五人に決闘を申し込みます。立会人もすでに選び、マロに呼びにいかせましたわ。立会人がき次第、始めましょう」

私がそう口にすると五人は驚愕《きょうがく》しました。まさか、人族から言ってくるとは思わなかったのでしょう、五人はニヤリと笑います。よほど私をお飾りだと思ってるようですね。ありありとわかりますわ。なので私も、その笑みに答えますよ、お父様そっくりの黒い笑顔でね。

立会人がくるのを待っていると、リナと呼ばれていた下品なメス狼が話しかけてきました。シオン様には聞こえないくらいの大きさで。

「立会人が誰かは知らないけど、手を引くなら今のうちよ。お姫様」

完全に私を見下しています。身長も態度も、そして成長も。

わざと胸の下に腕を入れ大きさをアピールしてきます。見たくなくても、自然と目がいく大きさですわ。それは相手も同じでただし私の場合は正反対ですけどね。下品な狼は私の胸を見て優越感と同情が入り混じった、神経を逆なでする目をしながらクスッと笑いました。

瞬間、ブチッと一本、線が切れた音がはっきりと聞こえました。

私が下品なメス狼と同じような体勢をとっても、腕に重さを感じることはないでしょう。そこは完全に負けを認めますわ、心底悔しいですが。でもね、同情される覚えはありませんわ。これでも、シオン様はいいと仰《おっしゃ》ってますもの。要は大きさではなく肌の張りと形ですわ。それに、女の勝ち負けはそこで決まりはしませんわ。

「お気遣いはいりませんわ。私が貴女方に負けるなど決してありませんから」

あえてにっこりと笑いながら答えます。するとブリッコウサギが会話に割り込んできました。

「あんた馬鹿なの。人間が獣人に勝てるわけないでしょ。運動神経もなにもかもが劣る種族のくせに。劣等種族が大きな顔するんじゃねーよ。……ねぇ、皆もそう思うよね～」

前半と中半は私に対して、後半は集まっていた獣人たちに対してです。ブリッコウサギの取り巻き獣人たちは賛同し私を貶《おとし》めます。ほんと、この手のタイプの女って器用に声のトーンを変えるのが上手ですわ。二重人格を疑ってしまうほどに。

その声は、シオン様を私の元に来ないように見張らせているシロには届いていたようで、恥知らずの獣人たちに殺気を放っています。

シオン様に特別な興味を持たない一般のギャラリーの方々は、シロの殺気に顔色を失っています。

完全なとばっちりですよね。まぁ今回は諦めてください。可哀想ですが途中退場はできません。

「あら、それは明らかに矛盾していませんか？　シオン様は私と同じ人族ですよ」

そう言った途端、返ってきたのは避難の嵐。

「はぁ？　あんたなに言ってるの⁉」

下品なメス狼がさらに私を馬鹿にします。

「話にもなんない。シオン様が可哀想すぎるわ。あの筋肉と剣術は人族じゃないわ」

今度はブリッコウサギです。

「それに関しては同感ですが、シオン様は人族ですよ。貴女方が嫌いな」

言葉の端々に人族蔑視が見え隠れしてますね。その気持ちはわからないわけはありませんよ。これでも、獣人たちの置かれた状況は知っていますわ。

でもね、シオン様に手を出すのだけは許せませんわ。絶対にね。

そうそう、決闘って、最悪、相手を滅してもいいんですよね。相手が強いと手加減ができるかどうかわかりませんもの。そんなことを考えていた時でした。

マロがおじいさんを背中に背負い戻ってきました。そして、なぜかお母様も一緒でした。

「お母様もご一緒でしたか？」

「久し振りに友だちとお茶してたら、マロが勢いよく入ってきてね。ついてきちゃった」

語尾のトーンが二段階上がっていますね。怒り半分、楽しみ半分ってところかしら。

破天荒なお母様ですが、意外と貞操観念だけはしっかりとしています。褒められたことではありませんが、愛人を持つことを咎《とが》めない貴族の常識から見れば、かなり堅いでしょうね。まぁ、一夫一妻が当たり前の世界で育ったと聞いていますから、仕方ありません。

あっ、でもさすがに婚前に愛人を持つのはマナー違反ですよ。私はシオン様以外はいりませんし、シオン様に対しても認めるつもりはありません。

そんな貞操観念を持つお母様が、婚約者がいるのを知っていながら横恋慕し、恥じらいもなく婚約者の前で言い寄ることを認めるわけありませんよね。ましてや、娘である私の婚約者にですよ。それも、自分が支配するダンジョンで、支配下においている者たちがですよ。当然、馬鹿にされたと思うでしょうね。それとも、悲しいと感じているのでしょうか。シオン様の件も許せませんが、お母様を不快にさせた貴方たちを、私は簡単に許しはしませんよ。

「お母様、この件は私が責任をもって処理しますわ。私が売られた喧嘩《けんか》ですので」

だから、お母様は黙って見ててください。

私はお母様から視線を外すと、マロの隣に立つ狼の獣人に視線を移します。おそらく彼が、下品なメス狼の祖父でしょう。腰が少し曲がったお年寄りの獣人。けれど、全身から漂っているオーラは、まだまだ現役でも通用するほどです。さすが族長ですね。

その目はまっすぐ、自分の馬鹿孫娘に注がれています。お母様がいなければ、確実にボコられていますね。

「立会人は貴方にお願いしてよろしいでしょうか？」

「はい。私が務めさせていただきます」

この族長なら安心して任せそうですわね。

「では、お願いしますわ」

にこっと微笑みながら頼みます。

「誰から手合わせいたしますか？」

族長が訊《き》いてきました。

「面倒くさいので、全員一緒でお願いしますわ。それとついでに、ウサギさんの取り巻きの方たちも一緒に」

私のこの台詞《せりふ》に言い寄った五人と取り巻きたちは、怒りをあらわにします。

「馬鹿にしやがって!!」

取り巻きの一人でしょうか。それとも言い寄った五人のうちの一人でしょうか。低い声で言い放つ声が聞こえました。

「あら、駄目なの？　まさか、貴方たちの言う劣等種族の私が怖いのですか？　そんなことありませんよね」

彼らの自尊心をあえて突きます。勝負はね、実際に戦う前から始まっているのです。私がマロを使いに出す前からね。しいて言えば、窓を開けた時からでしょうか。お母様とシオン様にそう教わりました。そして教え通りに、自分が戦いやすい場所を構築させてもらいましたわ。

「やってやろうじゃないか!!　後で詫びをいれても知らないぞ!!」

シオン様にまとわりついていた猫族のオス獣人が怒鳴ります。その声に賛同する取り巻きたち。

「詫びをいれるのは、貴方たちの方になると思いますよ」

平地の中央に移動します。そして、軽く身体を柔軟しながら彼らを待ちます。その間も彼らに視線を向けたままです。

「作戦を練らなくてよろしいのですか？」

「その必要はないわ!!」

下品なメス狼が金切り声を上げます。

わざわざそう助言して差し上げたのに、かえって皆さんを怒らせたようですね。

「そうですか。では、始めましょうか」

一定の距離を置いて向かい合う私と獣人十人。

メス狼とメス熊。そしてウサギの取り巻き四人が武器を持ち前線に、残りの四人が後衛。彼らは魔法担当のようね。十分パワーバランスが取れたチームですね。あくまで形だけですけど。

こういうチームって、パワーバランスは取れているけど、戦い方がワンパターンになりがちなんですよね。一般的なのが、まず魔法による先制攻撃。怯《ひる》んだところで一気に間合いに入り込み、一気に畳み込む。もしその作戦なら、何回やっても勝てませんよ。

「では。これより、シオン・コンフォを賭けた決闘を執り行う。始め!!」

予想通りの攻撃でした。後衛が魔法攻撃を仕掛け、それを防いでいるうちに前衛が討ち取る。まるで本で書かれたかのような模範的な攻め方ですね。皆さん、常識は持ち合わせていないのに、そういうところは模範的なのですね。驚きましたわ。

「一度失敗して、二度目も同じ作戦ですか。少しは捻りましょうよ。学習能力ないんですか？」

そんな頭は持ち合わせていないのかもしれませんが。これじゃあ、退屈すぎて欠伸《あくび》が出そうですわ。だって、単調な攻撃に大して威力がない魔法と物理攻撃。こんなもの、目を閉じても余裕で躱《かわ》せますわ。少し期待したんですけどね、ほんと残念ですわ。

「チッ。なんで当たんないのよ!!」

肩を激しく上下させて文句を吐くメス狼さん。熊さんは声も出せないほどですね。

「糞が!!」

ウサギさんの取り巻きたちは息を乱しながら悪態を吐いています。

後衛のウサギさんたちも同じですね。たいして動いてはいませんが、連続で魔法を使うのは結構体力を消耗するのです。あっ、でもこれくらいで息が上がるなんて。ほんと訓練不足ですわ。

「あの～これで終わりですか？　あまりにも攻撃が単純で鈍すぎて食後の運動にもならないのですが。もう終わりなら、私から攻撃してもよろしいでしょうか？　それじゃあ、いきますよ～」

わざわざ教えてあげるなんて、私はなんて親切なんでしょう。皆さんは歯ぎしりしそうなほど怒り心頭ですけどね。まずは、後衛の皆さんに踊ってもらいましょうか。

無詠唱で雷魔法を放ちます。全体攻撃用の大きなものでなく、小さいのを四つ。それぞれ後衛の皆さんの頭上にね。

「では、楽しいダンスを踊ってくださいね」

その声を合図に、雷が後衛の皆さんのすぐ横に落ちる。当たるか当たらないかのスレスレを狙ってね。それを繰り返すと、自然と彼らは奇妙な踊りを踊りだす仕組み。動きが止まったらどうなるか、もちろんわかってますよね。

「彼らの心配をしている暇はありませんよ」

自分たちの背後でバカ踊りをしている仲間を、愕然《がくぜん》とした表情で見ている前衛の皆さんに声をかけます。

「次は貴女たちの番ですわ。まず一割の速さで」

私は剣を片手で構え攻撃を繰り出します。もちろん、みね打ちで。それでも、肋骨にヒビは入ると思いますけどね。

彼らは完全に受け身しかとれないようです。なんとか攻撃を耐えてる状態ですね。まぁそれも、わざわざ構えている場所に打ち込んであげてるのだけど、気付いてます？

前衛の方たちと遊んでいると、気付かないうちに後衛の方たちが全員ダウンしていました。前衛の方たちも膝を付き、もう立てないようです。それでも必死で立とうとしています。根性だけはありますね。

「ほんと情けないですわね。劣等種族の人族にここまでされて。一割の力でダウンですか？」

冷たい目で見下ろすと、メス狼が悔しそうに呻《うめ》きます。

「まだまだ大丈夫よ。私たち獣人が人族に負けるわけないじゃない」

なんとか立てたようですけど、膝が笑ってますよ。

「まだ続ける気ですか？　シオン様を諦める気はないのですね」

「諦める？　冗談じゃないわよ!!　あたしの運命なんだから、諦めるわけないじゃない!!」

運命？　獣人には運命の番《つがい》がいると聞いたことがあります。

まさかシオン様がそうだと？　言うにこと欠いて、運命ですか。いいでしょう。ならばとことん殺《や》り合いましょうか。

「……私の運命の方を勝手に運命にしないでくれますか？　不愉快ですわ、とても。だから、徹底的に潰しましょう。今さら謝っても許しませんよ」

そう言い放った瞬間、獣人全員の体が光りだす。みるみる間に怪我が治っていきます。

「頭おかしいんじゃないの⁉　敵の怪我を治して。いったい、なにを考えてるのよ‼」

慈悲を与えられたと思ったのか、怒りだすメス狼。私は反対に黒い笑みを浮かべます。後衛さんたちは完全に引いてますね。隙あらば逃げ出そうとしてますが、逃しませんよ。すでに結界を周囲に張ってますから。

「さっき答えたばかりじゃないですか。私の運命の方を運命だと言うのは、とても不愉快だってね……もう、遊びは終わりですよ。覚悟はいいですか？　徹底的に潰してあげましょう」

そう告げると同時に、氷の刃がメス狼たちに降り注ぎました。すぐに全員動かなくなります。私はまた治癒魔法をかけ治します。

「次はなににしますか？　物理攻撃ですか？　それとも、風の刃がいいですか？　炎でも大丈夫ですよ。さぁ答えてくださいな」

お母様もメス狼さんたちも、シオン様も無言です。当然シロとマロも。

メス狼さんたちはガタガタと震えだして声にならないみたいです。これでは命乞いの声も聞けませんね。

「答えてくれないんですか？　なら、私が選びますね」

次は風の刃にしましょう。

「まっ、待ってくれ!!」

神聖な決闘の場に水をさしたのは、メス狼ではなく立会人を務めている族長でした。

私にも情はありますわ。孫娘が一方的にやられているのですから、見ている側は辛いでしょう。ですが、今はその気持ちを抑えるべきではないでしょうか。途中で止める、それは即ち、

「……この決闘を無効にしてほしいと仰《おっしゃ》りたいのですか？　決闘を途中で止めるのはそういうことでしょう。違いますか？」

私は感情が消えた冷たい声で族長に尋ねます。

通常、決闘は相手が負けを認めるか、死ぬかまで続けられるものです。もちろん私は、負けを認めるわけにはいきませんし、認めません。メス狼たちも誰一人、負けを口にはしませんし。現時点でまだ決闘は続いています。

「…………勝負はリナたちの負けで構いません。なので……」

族長はなにを仰《おっしゃ》っているのでしょう。自分が言っている意味がわかっていますか。

「否は貴方がたにある上、強者である私に対してそれを言いますか」

「それはっ!!」

なおも食い下がる族長。

「決闘とはそんなに簡単に取りやめにできるものなのですか？　私も貴方のお孫さんも命をかけておりますのに。悪いですが、私は途中で止めるつもりはありませんわ。……さて、続けますか」

視線をメス狼さんたちに再度向けます。同時に、短い悲鳴が上がります。なかには笑い出す者もいました。少し精神がやられましたか。

完全に腰が抜けた状態のせいで起き上がることも、逃げ出すこともできない。そして繰り返し与え続けられる、仮の死。そして、蘇生。

「再度尋ねます。シオン様から、私の運命の方から手を引きますか？」

ここで、一言でも引くと答えたなら、私はその方に対して攻撃はしませんよ。

おや？　なにか言いたい方がいらっしゃるようですね、ウサギさん。

「…………手を引くから。だから許して。お願い……お願いします」

ボロボロと涙を零《こぼ》しながら謝ります。まさか、ウサギさんが最初だとは思いもしませんでした。

最後の二人まで残ると思ってました。残念ですわ、本当に。でもいいのかしら。ウサギさんの取り巻きたちが騒ぎ出します。まぁそうですよね。同情はしませんが貴方がたは巻き込まれたようなものでしょうから。こういうのって連鎖するものなんですね、一人が潰れると次々と潰れていきます。

結局、残ったのはメス狼さんだけですか。そうこなくては面白くありませんわ。

「メス狼さん。リナさんといいましたね。貴女は私の運命を自分の運命だと言い放った。本来なら、今ここで貴女を殺すこともできます。でも、今は婚前旅行中なので、できれば血で穢《けが》したくないの。手を付いて謝るのなら、許してあげますわ」

私はどちらでも構いませんよ、どちらでもね。

「誰が‼　グハッ‼」

族長に無理矢理土下座させられるメス狼さん。

「申し訳ありませんでした!!」

メス狼に代わり、額を地面に押し付けるまで頭を下げ謝罪したのは族長でした。

「貴方の謝罪に意味がありますの？」

冷え冷えとした声で言い放つ。そこまで言って、やっとメス狼が口を開きました。

「…………申し訳ありませんでした」

心がこもってない謝罪ですね。それに時間かかりすぎ。

「それだけですの？　シオン様は私の運命の番《つがい》ですよね」

「…………」

返事はない。無言が許されると思うのですか。

「そうですよね？」

ここで威圧を放ち尋ねます。

「…………はい」

今にも消えそうな声でしたが、確かにメス狼さんは認めました。

「わかればいいのです。もう二度と、私とシオン様の前に姿を現さないでくださいね。もし現れたら、わかっていますよね」

一応、釘を刺しときましょう。もちろん、脅しじゃなくて本気ですよ。

「当然、後ろで腰を抜かしてる貴方たちもです。そこはお忘れなく」

貴重な時間をこんなことで使いたくありませんわ、まったく。

それもこれも、そもそも悪いのはシオン様ですよね。自分がモテることをわかってらっしゃらない。ここはきっちりと教えて差し上げないといけませんね。

やっと、シオン様の所に戻れましたわ。

「シオン様。お待たせしました」

「おぅ。お疲れ、俺の運命」

少し、目が泳いでますわよ。少しは悪かったと自覚していらっしゃるようですね。基本、頼まれたら断れない性格なのは知っていますが、その優しさが罪なこともあるのですよ。

「お母様、しばらくシオン様と二人で過ごします。邪魔しないでくださいね」

「わかったわ。ああでも、節度は守ってね」

「わかっています」

シオン様の代わりに答えると、私とシオン様は屋敷に戻りました。

シオン様はなにか言いたそうな様子で、私の後ろをついてきます。

ドアを開けて部屋に入り、私はにっこりと笑いながらシオン様をベッドに押し倒しました。

「さて、シオン様。お仕置きの時間ですわ」

シオン様を押し倒した私は、そのまま彼に顔を近付けます。だけど、触れるか触れないかで止めると、なにも言わずにシオン様の上から退きました。ベッドから下りた私は、テーブルの上に置かれてあったコップに、水差しに入っていた果実水を注ぎます。仄《ほの》かな柑橘《かんきつ》の匂いと味に一息吐きます。

中途半端な形で残されたシオン様は、少しショックを受けているようですね。だからなんですか？　これはお仕置きですよ。それに、まだなにも始めていません。なのに、その熱に浮かされたような熱い目で、私を見つめないでください。

「シオン様。しばらく、触れ合うのはやめにいたしましょう」

私が考えたお仕置きは接触を断つことです。当然、手を繋《つな》ぐこともキスもお膝の抱っこも、アーンもありません。側にいても一定の距離をあけるつもりです。

「触れ合うのをやめにするだと？」

まるで、世界が終わったかのような表情ですね、私も辛いですよ。

「はい」

心を鬼にして、にっこりと微笑んで頷《うなず》きます。

「俺が悪かった!!　まさか、そんな風に見られていたとは思わなかったんだ!!」

シオン様は必死な形相で弁明し謝ります。

その気持ちは疑っていませんわ。それに初めから、シオン様が浮気しているなんて思ってもいません。

ただ、そんな風に見られているとは思わなかったのはシオン様の本心でしょう。これを機に、理解していただきたいのです。

「そうですか……では、この機会に少し考えてください。自分が意外にもモテていることを」

傷付いた過去があるせいで、自分がモテないと思っているシオン様。普段から空気を読んで行動しているシオン様だからこそ、絶妙な距離感で真摯《しんし》な対応ができるのでしょう。それに優しいですし。それが女性の目にどう映るか、少しは考えてほしいのです。私もそれにヤラれた一人なんですよ。

「………セリア……」

誕生日がきて年の差が一歳増え、二十七も年が違う子供の私を求めるシオン様。

愛しさが増します。

「そんな顔をしないでくださいませ。まるで私が虐《いじ》めているみたいじゃないですか。お仕置きはしてますが、意地悪はしてませんよ。ただ考えてほしいだけです」

私はソファーをポンポンと叩きました。すると、素早い動きで隣に座るシオン様。肩を抱き寄せようとしますが、体を少し反らし拒否します。

明らかにショックを受けていますね。背後で、ガーンという音が聞こえた気がしますわ。

私は隣に座るシオン様の頬に手を添えます。

「勘違いしないでください、シオン様。怒ってもいません。それに、シオン様の気持ちも疑ってはいませんよ。ただ……考えて……気付いてほしいだけなのです」

私はシオン様の目をまっすぐに見つめ、お願いしました。

第六章　聖獣様とお茶会ですわ

「……ここ二日、ずっと素振りをなさっておいでですね」

シロがなにか言いたげな表情をしながら話しかけてきました。

私はマロが淹《い》れてくれたお茶を飲みながら、庭で素振りをしているシオン様に視線を送ります。

シオン様らしい行動に自然と笑みが浮かびます。彼は悩みごとや考えごとがあると素振りをする癖がありますからね。そのうち、魔物を仕留めに行くんじゃないんですか。

「素振りをする暇があるのなら、お花や水晶の一つぐらい持ってくればいいのに」

「マロ!!」

マロの一言をシロが咎《とが》めます。

「怒ってはいませんわ。……シオン様は私をよく知っていますからね。私がお花や宝石に興味がないのもご存じです」

マロに視線を移して答えます。

「興味がないのですか？　自由に買えるのに？」

不思議そうですわね。

「確かに、マロの言う通りお金はありますね。買おうと思えば最高級の品も買えるでしょう。でもね、それを身に着けて魔物と戦えますか？　邪魔でしかありませんわ。最低限必要な分だけあればいいのです」

それ以外の宝石は換金用に置いとけばいいのです。実際そうしていますし、そもそもパーティーに参加していません。成人前というのもありますが、そういう意味では皇女の仕事はしていませんね。

「変わっていますね」

マロの言う通りですね。苦笑しか出ませんわ。

「私もそう思いますわ。普通の女子が好きそうな物には一切興味がありませんもの。あるとすれば魔法具と武器ですね。ほんと、男子のようですわね。だから、シオン様は悩んでいるのです。まぁ、私の機嫌をとるためじゃありませんけど。それと言っておきますが、私はシオン様に対し怒ってはいませんよ」

「ではなぜ、距離をとっておいでなのです？」

シロの疑問はごもっともですわね。

「教育ですわ。自分がどう映っているか自覚してほしいだけです」

シロとマロはよくわからない表情をしています。

正直言えば、いろいろな面で悔しいのです。

私は、普通の女子が喜びそうな物には一切興味がありません。

だけどシオン様は、私が一番欲しいものをいつもプレゼントしてくれます。当然、今回もです。

本人は何気に仰《おっしゃ》った台詞《せりふ》でしょう。さり気ない言葉だからこそ、その台詞《せりふ》に信憑性《しんぴょうせい》が出るのです。

——おう。お疲れ、俺の運命の番《つがい》。

運命の番《つがい》。

そう言ってくれたのです。嬉しくないわけないじゃないですか。皆が見ていなかったら、その場でシオン様の胸に飛び込みキスをしていましたわ。

それが、心底悔しくて堪らない。シオン様のさり気ない一言で、自分が簡単に陥落するのが。

これでも内心複雑なんですの。……恋ってほんと難しいですわ。いろんな感情が渦巻きます。でもそれが、幸せと思えるのです。

だからこそ、不安にもなります。

その不安が今回形になって現れました。その不安に気付いてほしかった、考えてほしかった。一方的で私の我儘《わがまま》だってこともわかってはいるのですけどね。

「……ほんと、私は我慢がきかないわね」

愛しさが込み上げてきて独り呟《つぶや》きましたが、口の端は自然と上がります。

「「セリア様？」」

「シロ、マロ、シオン様の所に行ってきます」

私はタオルを持つとシオン様の所に向かいました。

「……セリア？」

驚くシオン様に、私はタオルを手渡します。

「はい」

「ああ、ありがとう」

戸惑いながらも、素直に受け取るシオン様。汗を拭いながらも、チラチラと私を窺《うかが》っています。まるで悪戯《いたずら》をした後の飼い犬のようですわ。本当はSクラスの魔物が束になっても勝てない英雄なのに。

「シオン様」

私はシオン様の胸に飛び込み、驚愕《きょうがく》するシオン様の唇を奪いました。

「……許してくれるのか？　これからは気を付ける。必要以上に近付かせない」

曇り一つない、澄んだ瞳。私はその瞳に惹かれたのです。

「愛していますわ。私の運命の番《つがい》様」

そう告げたら、シオン様はとても優しい表情で微笑んでくれました。

「俺も愛してる。俺の運命の番《つがい》」

近付く精悍《せいかん》な顔。私はソッと目を閉じました。


「やっと仲直りしたようね」

いつもと同じようにシオン様の膝の上で微睡《まどろ》んでいると、お母様が声をかけてきました。お母様の姿を見るのは三日振りです。お母様なりに気を利かせてくれたのですね。その配慮は嬉しかったのですが、さすがにこれを見られるのは……

慌てて膝から下りようとしましたが、シオン様の腕がガッシリと腰に回っていたので下りられません。当然抗議したのですが、離してくれませんでした。反対に力が入ります。

そうですか、下ろす気ないんですね、シオン様。無理矢理下りることもできたのですが、お仕置きした後です。少し躊躇《ちゅうちょ》してしまいます。仕方ないので、しぶしぶその場にいることにしました。

親の前でこの体勢はさすがに羞恥しかありません。

そんな私をよそに、お母様はシオン様を意味ありげな目で見ています。

少し、胸がざわつきます。お母様がその目をする時は絶対なにかある時だから。でも、素直に教えてくれるお母様ではありません。

「……別に喧嘩《けんか》はしてませんよ」

警戒しつつ、質問にはちゃんと答えました。嘘は吐いてませんよ、喧嘩《けんか》はしていません。したのはお仕置きです。

「ほんとに？」

信じてませんね。

「ええ」

「喧嘩《けんか》はしてない」

私とシオン様は答えます。

お母様は私とシオン様を交互に見ると、それ以上は訊《き》きませんでした。お母様なりに心配してくれたようです。

「……まぁいいわ。それより、いずれ知ると思うから先に言っとくけど、セリア、貴女に喧嘩《けんか》を売ってきたあの子たち追放したから」

特に驚きませんよ。

「そうですか……外の世界で生き残れるよう願いますわ」

正直、厳しいとは思いますけどね。魔物もそうですが、外の世界はまだまだ獣人、亜人には厳しいですからね。温室に慣れてしまった彼らには、死よりも辛い罰になりました。

「そうね」

当然、お母様はなにもかも知った上での判断。思った以上に、怒っていたようです。

「それでお母様、本当の用事はなんです？」

わざわざ、それだけを言いにきたとは思えません。ほかに用事があったと考えるべきでしょうね。

「話が早くて助かるわ～。実はセリアとシオンに行ってほしい場所があるの。お願い」

やっぱり……一応お願いされていますが、それって決定事項でしょ。

「断ってもいいですか？」

だって、せっかくのお休みですよ。それでなくても、お仕置きで二日間無駄になったのですよ。残り一週間はまったりとシオン様と過ごしたいじゃないですか。

「そこをお願い!!　いって損はないから。綺麗な景色をシオンと二人。ね、いいでしょ。お願い」

なんとしてもいかせたいようです。もしかして、私たちを別荘に誘ったのもその場所に行かせたいから？　ありそうで怖いです。

私は返事をする前にシオン様を窺《うかが》います。

シオン様は優しい目で微笑みながら頷《うなず》きました。

「……仕方ありませんわね」

私は皆に聞こえるくらい大きな溜め息を吐くと了承しました。

「で、どこにいけばいいのです？」

「十三階層。その中央に一枚岩の石碑があるわ。そこにこれを供えてほしいの」

「鞘《さや》ですか……」

装飾はあまりされていない実用的な剣の鞘《さや》。でも、この鞘《さや》を見ればわかります。この鞘《さや》に収まっていた剣は名剣だと。

剣ではなく鞘《さや》。疑問に思いましたが、なにか理由があるのでしょう。それよりも疑問に思ったのが、その鞘《さや》をシオン様に渡したことです。

「今日はゆっくり休んで、明日の早朝いけばいいわ。よろしくね」

手を振って、お母様はどこかにいってしまいました。

用意といってもほとんどないので、いつもと変わらず微睡《まどろ》んでいましたけどね。もちろんシオン様の膝の上で。休暇らしい休暇をやっと味わえたようです。それも今日一日だけですけどね。それでも時間を気にせず、愛しい人の体温を感じられるのは、とても幸せですわ。いつもは学園寮と辺境の遠距離恋愛なので。

お母様の無茶振りで、明日からダンジョン探索ですけど、魔物に襲われることはないでしょう。

一応、警戒はしますけど。ということは、攻略という名のピクニックですね。それはそれで楽しみです。シオン様が隣にいるのが一番の幸せですから。

次の日の早朝、私とシオン様はお母様たちに見送られて屋敷を出ました。地図を一応持ってはいますが、お母様曰く、この鞘《さや》が道しるべになっているそうです。ますます、怪しいですよね。

ちなみにこの鞘《さや》、私が持つととても重く、魔力を抜き取られます。それでも持てますし、棍棒のように振るうこともできますよ。ただ、シオン様はまったく平気そうですね。今も背負ってますし。魔力も抜き取られていないようです。どうやら、いわくつきの品のようですね。

念のために【鑑定】をしてみたら、なんと、【竜王の剣の鞘《さや》】と出ましたわ。

嘘でしょう⁉　なんてものを持たすんですか‼　これ一つで国余裕で買えますよ。それほど凄いものです。魔力を抜き取られて当たり前ですわ。なら、どうしてシオン様は平気なのでしょうか？

そもそも、どうしてこれを十三階層に？　お母様のことだから、なにかしらの理由はあると思うのですが……胸騒ぎがします。もし、シオン様の身になにかあったら、私は……

これが聖剣の鞘《さや》なら、まだわかるのです。シオン様は英雄であり、コンフォート皇国の護り神の一柱でもあります。ましてや、剣聖でもあります。だから、あの鞘《さや》をいとも簡単に持ち続けていてもおかしくはありません。

しかし、竜王の剣は違います。

私もよくは知らないのですが、なにかしらの条件があると書物に書いてありました。

もしかして、シオン様はその条件を満たしていたのかもしれません。

お母様はそれに気付いていた……？　見送る時に見た、お母様の目が気になります。

「セリア、どうかしたのか？」

考えごとをしていると、シオン様が心配そうに私の顔を覗《のぞ》き込んできました。

「なんでもありませんわ」

にこっと笑ってみせます。

「セイラの無茶振りはいつものことだろ」

「そうですね。気にしすぎですね」

なにもわからない段階で、うだうだと考えても仕方ありませんね。

とりあえず、十三階層にいけば答えは自ずとわかるでしょう。

ただ一つわかるのは、鞘《さや》がここにあるってことは、剣もこのダンジョン内にある可能性が高い。

鞘《さや》が道しるべになるって意味も理解できますわ。とはいえ、あくまで想像の域を出ていませんけどね。

「じゃあ、ゆっくりいこうか？」

少し照れながら、差し出されるシオン様の手。

「はい。ゆっくりいきましょう」

私はシオン様の手を握ります。難しい話は後でもいいですよね。

今はゆっくりと景色を楽しみながらいきましょう。

十一階層までできました。

森の中を二時間ほど歩き抜けると、目の前にはキラキラと水面が光る湖が現れました。それも青色の湖です。

こんな綺麗な湖を今まで見たことがありません。初日に見たあの迫力満点の滝も凄かったですが、この湖も引けをとりません。お母様の言う通りでした。

「シオン様‼　青色ですわ‼　これって、水の透明度が高いからですよね。この青って空の色ですよね‼　とても綺麗ですわ」

繋《つな》いでいた手を離し、少し前に出た私はシオン様に笑いかけます。

「ああ。とても綺麗だ」

眩《まぶ》しそうに、シオン様は目を細め私と湖を見ています。

その目はとても優しくて、温かくて、私は愛されてるのだと改めて実感できました。

私から愛の言葉を口にしても、シオン様からは、あまり口にしてはくれません。ですが、シオン様の目は時に口以上に雄弁なのです。この景色を独り占めするのもいいでしょう。

でも、愛している人と一緒に見るのが一番美しいのです。

「シオン様。少し早いですが、ここでランチにしませんか？」

この景色を素通りなどもったいなくてできませんわ。

「ああ。そうしよう」

シオン様のの許可が出ましたので、私はさっそく、マジックバッグからシートなど必要なものを取り出し用意します。

「セリア」

ランチの用意ができ、シオン様の向かいに座ろうとしたら、シオン様がポンポンと自分の膝を叩きます。ここに座れってことのようです。でもさすがに、

「食べづらくはありませんか」

ある程度の高さがあるテーブルの上なら、まださほどでもないでしょうが、低い位置だと食べづらいと思うのです。

「いいから」

渋る私にシオン様は言います。これは座るまで続きそうな気がしますね。

「早く、おいで」

急かされました。仕方ありません、座るしかなさそうですね。

胡座《あぐら》をかいたシオン様の膝の上に座ると、嬉しそうにシオン様の目元が緩みます。

そんな顔をされると目が合わせられませんわ。ほんとにもう。

「セリア、お腹空いたか？　なにが食べたい？」

恥ずかしそうにしている私を愛おしそうに見下ろしながら、シオン様は訊《き》きます。

フォーク一本持たせてはくれません。一緒にご飯を食べる時はいつもそうですね。それも食べ始めるのはまず私から。

「それじゃあ、卵焼きから」

「わかった」

そう答えると、シオン様自ら食べさせてくれます。これって完全に餌付けですよね。でも今回は素直に餌付けされませんよ。

「シオン様、口を開けてください。はい、あ〜ん、美味《おい》しいですか？」

今度は私の番です。フォークを持ってないのでサンドイッチですが、いいでしょう。

一瞬、吃驚《びっくり》したシオン様でしたが、嬉しそうにモグモグしています。

な、なんて可愛いの！

誕生日がきて、二十七歳差になったシオン様がとても可愛く見えますわ。

なんでしょう、この胸を締め付けられる感じは。そして同時に満たされる幸福感。

シオン様が私に餌付けする気持ちがとてもよくわかりましたわ。

一時間後。

いちゃいちゃランチタイムが終わっても、シオン様は膝から下りることを許してくれません。

「そろそろ出発しませんか？　今日のうちに十二階層までいきたいのですが……」

そう言いながらシオン様を見上げると、少し寂しそうな表情をしています。

そんな表情をされると、強く言えないじゃないですか。ほんとに、シオン様はズルいですわ。

そんなことを思いながら視線を下に向けると、例の超レアアイテム、竜王の剣の鞘《さや》が目に入りました。少し早いですがいい機会です、この鞘《さや》について話をしましょうか。

「シオン様。この鞘《さや》について、お母様からなにか聞きましたか？」

「鞘《さや》？　いや、なにも聞いてないな」

鞘《さや》を手に取ると、シオン様はそう答えました。嘘を吐いているようにも見えません。

「そうですか……」

お母様はシオン様にも鞘《さや》の詳細を話していないようですね。

あえて話をしていないのか、それとも面倒くさくて私に任せたのか。お母様は私が【鑑定】のスキルを持っていると知っていますから、たぶん面倒くさくて私に放り投げたような気がします。

「話すな」とは言われてませんし。

「この鞘《さや》がどうかしたのか？」

不思議そうな顔で尋ねてきます。

「私がこの鞘《さや》を持った時、重くて魔力を吸い取られました。といっても、大したことはありませんが……シオン様はなにも感じていませんよね？」

今も平気で触っていますし。

「特になにも感じないが……反対に力が湧いてくる感もある」

「そうですか……」

『力が湧いてくる』ですか。これは本当にシオン様はこの鞘《さや》に、いえ、刀に認められたのかもしれませんね。

特別な資格を有しているからだとしても、それに溺れない力量もあります。シオン様の実力です。

さすが私が愛する方ですわ。

考え込む私に、シオン様は不安そうな顔をしています。

私がシオン様の頬に手を差し伸べると、嬉しい言葉をくれました。

「なぜそんな顔をする？　俺は大丈夫だ。セリアを悲しませることも、不安にさせることもしない」

私は微笑みます。

「安心してくださいませ、シオン様。不安な気持ちは一切ありませんわ。シオン様は鞘《さや》に認められたのですよ、竜王の剣の鞘《さや》に」

「……竜王の剣の鞘《さや》？」

この時のシオン様の顔といったら、もうおかしくて、愛しくて、可愛らしくて、笑ってしまいましたわ。英雄、一柱とも称される方が、鳩が豆鉄砲をくらったかのような顔をなさるんですもの。

「もしかしたら、シオン様には隠れた能力があるかもしれませんね。もしくは、竜王様に匹敵するほどの力量があるかも。どちらにしてもシオン様の実力ですわ。心から尊敬いたします。そして」

愛してますわ……

声に出さずに口を動かして伝え、私は目を閉じ、自分からシオン様にキスをしました。

当然、出発はさらに一時間遅くなってしまいましたけど、まだ休暇は六日残っているのです。全然構いませんよね。だって、期日は問われていませんもの。食べ物と飲み物は自分でなんとかできますし。

でも、その前に邪魔者たちをどうにかしないといけませんね。

自然と口元に笑みが浮かびます。

その気配は出発してすぐに感じ取りました。私たちから一定の距離を置いて追尾する集団。距離をとっているから気付かないとでも思っていたのかしら。追跡者たちは上手く気配を消せているとと余裕そうですが、わずかながら殺気が漏れ出てますよ。

とはいえ、特になにも仕掛けてこないので放置していたのですが、逢瀬を覗《のぞ》き見されるのは嫌です。それに、シオン様以外のことを考えなければならないことも嫌ですわ。

「……狩るか？」

シオン様も不快に思っていたようで、私にそう訊《き》いてきました。私が了承したら、ためらいもせず飛び出していきそうですね。

「放っておきましょう。あの獣さんたちのせいで、シオン様と少しの時間でも離れ離れになるのは嫌ですわ。不愉快ですけど」

狩るのは簡単。でも、攻撃されていないのに狩るのは、私たちの流儀に反します。

「そうだな。俺も嫌だが、放っておくか」

私は微笑む。シオン様は離してくれず、子供抱っこをしたままの移動です。横抱きはされたことがないので比べられませんが、それでも抱っこは恥ずかしいものがありますね。でも、シオン様はどうしても抱っこをしたいようなので、今は大人しく抱っこされときますわ。

「では、先に進みましょうか」

「だが、どうやって進むんだ？」

確かに、シオン様が疑問を持つのは当たり前ですよね。鞘《さや》と地図は湖の中央を指していますから。

「冒険小説なら、こういう場合、湖の主を倒したら進めるパターンですよね」

「だよな。それに実際いるしな」

「いますよね」

姿は見えませんが、かなりの大物のようです。水棲《すいせい》魔物ですね。陸にいれば安全ですが、同時に攻撃はできません。ならば取る手は一つだけですわ。

「なら、おびき出すか？」

「それが一番無難ですわね」

魔物や動物を狩って、その血を湖に撒き餌にするのが一番確実ですわ。

そう考えていた矢先でした。

「やつら動き出したな」

やつらとは私とシオン様をつけていた者たちです。一応いき止まりにいますからね、私たち。退路を断てば大丈夫と思ったのでしょう。

「そうですわ。いいことを思い付きましたわ。彼らを使いましょう」

「ああ、そうしよう」

先に攻撃してくれれば、正当防衛として向かい撃つだけ。命を取ろうとは思いませんよ。ちょっと、体の一部を貰えればいいのです。

私たちを狩ろうとしたのですから当然、狩られる覚悟はあるでしょう。なので、さほど罪悪感は感じませんわ。

狼の獣人ですね。狼は集団で狩りをします。汚い言葉で私を罵《ののし》っているのを聞くと、どうやらメス狼さんの関係者のようですね。完全に逆恨みでしょ。

「……勝負にもなりませんでしたね」

そもそも、初めから勝負になるとは思っていませんでしたが、土俵にすら立てませんでしたね。せめてもう少し、根性を見せてほしかったですわ。

まさか、威圧を少し表に出しただけで腰を抜かすなんて、拍子抜けもいいところじゃないですか。

誰一人、剣を一振りもしてませんよ。

「呆気《あっけ》なさすぎですわ。まだ、メス狼さんたちの方が根性ありましたよ」

ぼやいてしまいましたわ。すると、逆恨みした狼さんたちに睨《にら》まれてしまいました。でも、シオン様が睨《にら》み返してくれます。すると、慌てて睨《にら》むのをやめ視線を外します。情けないですわ。

「あの時、セリアは威圧を放っていなかっただろ？」

ええ。メス狼さんたちとの決闘で、私は一切威圧しませんでした。勝負が付いてから軽く放ちましたけど。なくても、圧勝できましたから。あれ？　どうしたんです？

腰を抜かした狼さんたちは、私たちの会話を聞き、唖然とした表情で私を見ています。

「なにもしないまま、貴方たちのように腰を抜かされたら面白くないでしょ。愚かにも私の婚約者、運命の番《つがい》に彼女たちは手を出した。だから私は対処した。貴方たちのやり方で」

貴方たち、勝手になに絶望に打ちひしがれていますの？

メス狼さんたちは本能で身を滅ぼし、彼らは思考力のなさで身を滅ぼす。どうやら脳が筋肉でできているようです。皺《しわ》がないんでしょうね。まぁ、それはひとまず横に置いといて、困りましたわ。

「どうした？　難しい顔をして」

黙り込んだ私にシオン様は尋ねます。

「いいえ。困ったなぁと思いまして。なにもせずに勝負がついてしまったでしょ。血の一滴も流れていませんわ。せっかく、餌が自ら飛び込んできてくれたのに。魔物か動物を狩りにいくのも面倒ですし、仕方ありませんね。腕の一本でも貰いましょうか」

そうお願いすると、彼らは子鹿のようにブルブルと震えだしました。

そんな彼らを見て、私は首を傾げます。

「なぜ、震えるのです？　貴方たちは私たちを襲いにきたのでしょう。殺しにきたのでしょう。それって、自分も殺されるかもしれないという覚悟の上の行為ですよね？　それとも違うのですか？まさか、それはありませんよね。だって、貴方がたは人を殺せる武器を手に取り襲ってきたのだから。私は優しいので命だけは取りませんわ。さぁ選びなさい。自ら腕を差し出すか、無理矢理切り落とされるか」

狼さんたちに問いかけると、震えながら利き手と逆の腕を差し出しました。

「その潔さ好感が持てますわ。だから」

躊躇《ちゅうちょ》せずに狼さんたち全員の腕を切り落としました。同時に、治癒魔法と再生魔法をかけます。

再生魔法はかなりの苦痛を生じますが、新しい腕が手に入るんですから我慢できますよね。彼が手を差し出さなかったら、再生魔法はかけるつもりはありませんでしたわ。

全員の処置が終わると、彼らはシオン様と私に謝罪し戻っていきました。

見送る私にシオン様が声をかけます。

「これからが大変だな」

「自業自得ですわ」

冷たいようだけど、それしか言いようがない。

狼さんたちが無事村に戻れるのか、村が無事なのか。ここからではわかりません。ただ言えるのは、お母様は甘くないということだけ。

私とシオン様に手を出した者の未来は、決して明るくはないでしょう。

気を取り直して、私は積み上がった腕の山に目を向けます。とても新鮮で若いお肉です。間違いなく、湖の主に喜ばれるでしょう。すでに湖の底まで臭いが届いているのではないですか。もう少しお待ちくださいね。準備ができ次第お届けしますわ。代金として、その命を頂きますけど。

そんなことを考えながら準備を続けます。狩りの成功は丁寧な準備によって左右するんですよ。

「……それじゃあ、これを湖に投げ入れて先に進みましょうか」

準備ができたので、近くにある腕を拾おうとしたら、シオン様に止められてしまいました。

「そんな汚いもの、セリアが持たなくていい。俺がやろう」

そう言うとシオン様は私が拾おうとしていた腕を拾い、遠くへ投げ入れます。二本目は少し手前に、三本目はより近くに投げておびき寄せます。

「ありがとうございます。できれば持ちたくなかったので助かりました」

本当に、シオン様は優しいですわ。汚れ仕事を率先してやってくれますもの。仕事している時は違いますけどね。私、大事にされています。

さて、投げ入れてしばらく経ちますが喰らいついた様子はなく、動く気配がまったくしません。

「………反応ありませんね」

水底に主がいるのは間違いありませんのにピクリとも動きませんわ。なぜかしら？

「そうだな。獣人は気に入らなかったのか？」

同じ肉なのに。もしかしたら、グルメかもしれませんね。

「そうかもしれませんね。獣人ではなく、魔物のお肉が好みかも」

「じゃあ、やっぱり魔物を狩らなきゃ駄目か」

やや面倒くさげに、シオン様は答えます。

「魔物は私に任せてください。大きなのを狩ってきますわ」

そう答えた時でした。突然、まるで水中で大爆発があったかのように水面が大きく盛り上がりました。

『やめんか――!!　貴様らか、この神聖な湖を穢《けが》す不届き者は!!』

空気を震わすような怒鳴り声が響き渡ります。

同時に、水面から飛び出してきた巨大な生物。間違いなく、あれが湖の主でしょう。

言語を操る魔物!?

そんな魔物がいるなんて聞いたことありません。

それよりも、この圧倒的存在感。全身の毛穴が全部開き、冷や汗が吹き出します。恐怖が私を支配しました。

そんななか、険しい表情をしたシオン様が、私を庇《かば》うように一歩足を前に出します。しかし、私もシオン様も攻撃を仕掛けることはできませんでした。

水飛沫《しぶき》が消え姿を現したそれに硬直する、私とシオン様。今まで幾多の魔物と対峙してきた私たちがです。命を覚悟した瞬間もありました。これでも、コンフォート皇国の護り神の一柱と称されているのに——

ただそこに存在するだけで、他者を凌駕する圧倒的な威圧感。

そして、神々しい金色の姿。

魔物が纏《まと》う禍々《まがまが》しい気配は一切感じませんでした。当然です、だって、そこにいるのは……

『当然だ。我は魔物ではないからな』

まるで、心を読んだかのように語り出します。いや、間違いなく読んでますよね。

「…………竜……まさか、本物の竜が生きてたなんて……」

そこにいるのは、伝説の聖獣。それも、最高位の聖獣が姿を現したのです。

『おや？　娘、お主、あの魔女の血縁者か？　よく似ておる。姿も魔力の質も』

魔女……それは間違いなくお母様ですわ。ということは、聖獣様がこの湖にいらっしゃることを知っていたの!?　なのに、一言もそんなことを言ってませんよね!!　お母様～～～!!

叫びたいのを必死に我慢します。

『ほぉ～あの魔女、世帯を持ったのか？　あれを落とせる人間がいるとは思わなかったわ。つまりお前らもアレか……我を倒せば十二階層に行けると考えた口か』

その通りです。ということは、お母様もそう考えて同じことをしたのですね。母娘二代で聖獣様に喧嘩《けんか》を吹っかけた……マジですか……

ここまで、私は一言も言葉を発していませんが、会話が成り立ってますね。

「母共々、大変申し訳ありませんでした」

全てを悟った私は深々と頭を下げ謝罪しました。シオン様も隣で深々と頭を下げます。

許してもらえるかはわかりませんが、それは関係ありません。聖獣様の寝床を血で穢《けが》したのは紛れもない事実です。聖獣様が我が国を滅ぼしても文句は言えない過ちを犯してしまったのです。国を危険に晒《さら》してしまいました。最悪、我が身を犠牲にしても、我が国を滅ぼすのだけは許してもらわなければなりません。

『ふむ……お主らが我が身の保身で謝罪したのなら、我はコンフォート皇国を滅ぼしておったな』

感情を感じないその声が、かえって深く私の心を抉《えぐ》ります。だからか、想像してしまいました。コンフォート皇国が聖獣様によって滅ぼされる様を。

震えが止まりません。口元に手をやり、なんとか吐き気を我慢します。

『だが、主らはこの湖を穢《けが》した。どのような責任をとるつもりだ？』

聖獣様は静かに問いかけます。

「いかほどにも――」

「聖獣様。全ては私が行ったことです。セリア皇女殿下には一切関係がないこと。罰は私一人にお与えください」

私の言葉を遮るようにシオン様は告げます。

セリア皇女殿下。

そんな風に呼ばれたことは一回もありません。初対面の時でさえもありませんでした。

シオン様は一人で全てを背負うつもりだと瞬時に理解しました。

唇を強く噛み締めます。口の中に鉄分の味が広がります。そんなことをされて嬉しいなんて思うはずないでしょ。私は数歩湖に近付き膝をつき頭を垂れました。

必死で止めようとするシオン様は、私が張った結界に邪魔されてできませんでした。

「聖獣様。私も同罪です。いいえ、私の方が罪が重いでしょう。なので、シオン様と同様、いえ、それ以上の罰をかしてください」

『その男一人に背負わせようとはしないのだな』

「庇《かば》われて嬉しいと思えるほど、私の愛は浅いものでも身勝手なものでもありませんわ。そしてそこまで、我が身は堕ちたつもりはありません」

私がそう答えると、聖獣様はなぜかおかしそうに笑い出します。

『潔いというか、馬鹿正直というか……あの魔女とよく似ておるわ』

容姿はよく似ていると言われますが、中身が似ていると言われたのは初めてです。

『そうか。我から見たらよく似ておるがな。魂の性質が特にな』

そう言われると、不思議と少し嬉しく思えますわ。

『そういうものかの。で、お前たちの罰だが――』

聖獣様はそう切り出します。与えられる圧力に私は自分が罪人だと思い知ります。

「はい。いかようにも」

答える声は強張っていました。シオン様もです。シオン様が私の方に意識を向けているのに気付いていましたが、気付かない振りをします。

『あいわかった』

聖獣様がそう口にした瞬間、私の体は水泡の中に閉じ込められてしまいました。そのまま宙に浮きます。

顔色を失うシオン様。

互いに手を伸ばしますが、決して届きません。水泡の中なのに、不思議なことに息ができます。どうやら、聖獣様は私を殺す気はなさそうです。私は聖獣様の元へと連れていかれました。

「セリア――!!」

シオン様の悲壮な声が木霊《こだま》します。

「シオン様!!」

シオン様は聖獣様を睨《にら》み付けています。私が側にいなければ攻撃を仕掛けるほど、我を失っておいでです。

「シオン様、やめてください‼　私は大丈夫です‼」

必死でシオン様を宥《なだ》めます。しかし、シオン様の耳には届いていないようです。あんな表情のシオン様を見たことはありませんでした。まさに、伝説の魔王そのものです。

『安心せい。お前の番《つがい》を殺す気はない。少し借りるだけだ。お前には、それが一番効くからな。ただし、暴れて周りを破壊したら、番《つがい》は一生帰らぬと思え』

そう告げると、私を連れて聖獣様は湖の底へ戻ろうとします。

シオン様の慟哭《どうこく》が聞こえたのは気のせいではないでしょう。胸が激しく痛みますわ。必ず、貴方の元に戻ります。

絶対に――


罰として連れてこられましたが、湖の底って普通、岩か砂地ではなくて？　少なくとも、屋敷はありませんわ……

ここは中庭、それともエントランスでしょうか。巨体の聖獣様でも楽に着地できるほど広いですわ。足が床に付いた時に水泡が消えたのはわかっていました。呼吸ができるので、どうやら空気があるようです。水面を見上げれば、魚が泳いでいます。この建物全体が水泡に包まれてるようでした。これも、聖獣様の力ですわね。

ん……？

水泡の膜の上に、なにかの影が？　死んだ魚ではなさそうですね。なにか変な形で曲がってます。

あれって、まさかシオン様が投げ入れた……見なかったことにしましょう。

『見なかったことになどできぬぞ』

頭上から声がします。タラリと冷や汗が頬を伝い落ちます。

「申し訳ありません!!」

「まぁ、よい」

……ん？

やけに近くで声がします。それに、声が幾分高くなった気がします。気のせいですよね、ハハ。

隣を見るのが怖いよ～。隣に視線を向けることができません。

そんな時でした。

「お帰りなさいませ。旦那様」

明らかに自分に対して発せられた言葉ではありません。間違いなく、私の隣にいる方に対して発したものです。

迎えにきたのは綺麗な女性でした。健康的な体躯《たいく》の方ですが、出るところは出て、引っ込んでいるところは引っ込んでいます。私のような子供体型ではありませんわ。ええ、羨ましくありませんわ、ちっとも。

「ああ、今帰った。ハニー、会いたかったぞ」

その声とともに颯爽《さっそう》と駆け出したのは、背の高いとてもとても美しい青年でした。

信じられませんが、纏《まと》っている魔力が同じですからおそらく青年は聖獣様でしょう。聖獣様となると、自由に姿を変えることができるようです。

だけど、女性は人族ですわね。今はもう人族の枠を越えてるようですけど。元人族と言った方がいいかもしれませんね。雰囲気が似ているのです。私の近くにいる、人族を明らかに越えてる人と。

でも、まさか、自分の伴侶をハニーって呼ぶ人がいるなんて……笑ってはいけませんわ、絶対に。

もし、シオン様がそう自分を呼んだら、絶対、腹抱えてのたうちまわりますわ。

「娘、なかなかいい性格をしているな。さすが、魔女の娘といったところか」

瞬時に間合いに入られました。考えるよりも早く体が動きます。職業病みたいなものですね。困った癖です。

人型の聖獣様から離れ距離をとり臨戦態勢に入った私は、聖獣様と伴侶様を見て慌てて臨戦態勢を解きます。

「貴女、あの魔女セイラの娘なの？」

伴侶様もお母様を知っているようです。

一体、おいくつですか？　そんなことを思いつつ、私は頭を垂れ挨拶《あいさつ》をします。この中で一番立場が低いのは私だから。

「お初にお目にかかります、聖獣様の伴侶様。セリア・コンフォートと申します」

「これはご丁寧に。貴女たちでしょ、アレを投げたのは？」

伴侶様が天井を指差します。その先には例のアレがありました。そうアレです。

「はい」

「貴女たちも、例の噂に振り回された口ね」

「はい」

「もう投げ入れないでね」

「はい」

それしか答えられないでしょう。

「ならいいわ。で、どうしてこの娘を連れてきたの？」

前半は私に、後半は聖獣様に向かって尋ねる伴侶様。

声が若干冷たく感じるのは私だけ？

でも、伴侶様の疑問は私も気になります。連れられてきた意味がわからないからです。罰で連れられてきたのに、扱いはとても丁寧でした。

「娘に見せたいものがあったからだ」

罰を与えるためではないのですか？

「私になにを？」

警戒をしながら尋ねます。

すると、パンと手を叩く陽気な音がしました。伴侶様です。

「なら、お茶を飲みながらにしましょうよ」

その一言で、急遽《きゅうきょ》お茶会がセッティングされました。伴侶様《ハニー》の威力は絶大ですね。あれよあれよという間にお茶会が始まりました。和やかな雰囲気です。和やか？　私の罰はいったい……

戦々恐々としている私の存在を完全に忘れてますね。視界にすら入ってませんよ。まぁそれはいいのですが、そもそもここは聖獣様の屋敷ですし。だけどそういった行為は二人きりで、誰にも見られずに行うべきなのではありませんか。少なくとも、他者の目がある前で堂々とする行為ではありませんわ。

ほんと、どこに視線を向ければいいか……勘弁してほしいですわ。視線を逸らせても口付け合う音が耳に入ってきますもの。生々しいですわ。それにしても仲が良いご夫婦ですね。

私も二人きりの時に、よくシオン様にされますわ。膝の上に抱っこされて、自らの手で食べさせてくれます。さっきまでそうでした。

聖獣様と伴侶様の姿を見て、頭に浮かぶのは大事な大事な婚約者の顔です、声です。

シオン様……

心の中で愛しい人の名前をソッと呼びました。会いたいですわ。

「……やはり、娘もあの男に同じ求愛行為をされてるようだな」

聖獣様の台詞《せりふ》に、私は赤面してしまいます。またも、心を読まれて複雑な気分ですが、対処のしようがないのでこのまま。

ただ、素直に認めるのは恥ずかしいですわ。こういうのは、人に話すものではありませんから。

恋人、あるいは婚約者同士、夫婦間の秘事ですもの。

「声にしているか、していないかの違いだけだがな」

「なにを仰《おっしゃ》ってるのですか。大きな違いですわ」

雲泥の差があります。

「私もそんな初々しい時期があったわね……」

伴侶様はにこにこと微笑みながら、会話に参加します。

「ほんと、懐かしいわ……」

しみじみと伴侶様は呟《つぶや》きます。その台詞《せりふ》に焦りだしたのは聖獣様でした。

「なんてことだ!! 我はずっとハニーが嫌だと思っていたことをしていたのか……」

悲痛な声を上げながらも、その手はガッシリと伴侶様の腰に回ったままです。逃がさないとばかりに。さっきよりも、回す手が強くなっているように見えるのは、気のせいでしょうか。行動と言動が正反対ですわ。

そんな聖獣様を伴侶様は優しい目で見つめると、「今は思っていませんわ」と答えます。

伴侶様は、心から聖獣様を愛していらっしゃるのね。そしてその気持ちが、聖獣様にも伝わったのか、ますます密着度が……

「セリアちゃん、ごめんね。目のやり場に困るでしょ。でもね、これが竜にとっては普通なの」

「えっ!? これが普通なのですか!?」

信じられない。

「獣人も似たところがあるけど、竜の比ではないわ。自分の伴侶をとことん愛し尽くす。それが、竜の愛情表現なのよ。人前でもそう。膝に乗せるのも、自らの手で食べ物を食べさせる行為もね。下手したら、歩かせてもらえない時もあるわ」

そこまで言われたら、馬鹿でも察するわ。シオン様の愛情表現が竜と酷似していることに。

そして、お母様から渡された【竜王の剣の鞘《さや》】。

導かれる答えは一つ。

「………もしかして、シオン様は竜の血をひいているのですか？」

そう尋ねる声は、少し震えていました。

シオン様が竜の血を引き継いでいる――

まさかの展開に、私は言葉を発することができませんでした。

しかし思い返せば、行動の端々に（特に恋愛面で）竜特有の行動をしていました。てっきり、ベタベタするのが好きなだけだと思ってましたわ。それが、竜特有の求愛行動だとは考えてもいませんでした。だって、竜は伝説上の聖獣様ですもの。身近にいるとは考えてもいませんでした。衝撃を受けている私に、叩き込むように聖獣様は言います。

「正確に言えば、竜人の血を祖先に持つといった方が正しいな」

竜人ですか？　……もしかして、竜と人とのハーフなのかしら？　いてもおかしくはないわね。聖獣様もそうだけど、人に姿を変えることができるのならそういう営みも可能ってこと。異種間ですが、子を成すことも可能なのでは。

「数はかなり少ないが可能だな。まったく事例がないわけではない。元々、竜は繁殖能力がかなり低い種族だ。竜同士でもそうなのだから、異種族間ではさらに低くなるな」

伴侶様をいたわりながら、聖獣様は言いづらいことを教えてくれます。

「番同士《つがい》でもですか？」

「番同士《つがい》でもだ」

「そうですか……」

昔、番同士《つがい》では子供ができやすいと書物で読んだことがあります。ですが、番同士《つがい》でそれならば竜という種族はかなり大変な種族のようです。だとしても、異種族間で妊娠可能なら、やはり竜人は竜と人とのハーフになりますね。

「そうだ」

竜人が人を伴侶にした場合、竜の血は薄れていくのでしょうね。それに伴い、繁殖能力も高まるはず。だって、シオン様には三人の子供がいますしね。そう考えると、シオン様の中に流れる血はかなり薄いと思うのですが……

それはさておき、まさかとは思いますが、聖獣様とシオン様は血が繋《つな》がってるなんて言わないでくださいよ。

「娘、それはどういう意味だ？　我の血が流れているのは嫌なのか？」

ジロリと聖獣様に睨《にら》まれてしまいましたわ。

これで確信しましたわ。おそらく、シオン様は目の前にいる聖獣様の血筋なのでしょう。だから、私たちを殺さなかった。普通なら殺されてもおかしくないのに。

「別に、聖獣様に喧嘩《けんか》を売っているわけではありませんわ。ただ戸惑っているだけです。だって、なんの気構えもなく、シオン様の親族にお会いしているのですよ。ましてや、あんなことをしでかしてしまったあとに、穴があったら入りたいですわ」

知っていれば、手土産《てみやげ》一つくらい持って挨拶《あいさつ》したかったです。マジックバッグには、手土産《てみやげ》になりそうな物は入っていませんからね。こんなことなら、一つぐらい常備すべきでしたわ。

「……クックック。なにを気にしていると思ったら、そんなことを気にしておったか」

おかしそうに笑いながら聖獣様は答えます。

「そんなことではありませんわ。とても大事なことです」

思わず、力説してしまいましたわ。

「竜の血が混じっていることに対してはなにも思わないのだな」

その台詞《せりふ》に、私は首を傾げます。

「気にしてどうなるのです。ただ竜の血が混じっている、それだけです。シオン様はシオン様ですわ。竜の血が入っていようがいまいが変わりません。私は竜の血を引くから、シオン様を愛したわけではありませんもの」

私にとって竜の血は、シオン様の付属物でしかありません。そこに重要性など見出しませんわ。

「我の前で竜の血を付属物でしかないとぬかすとは、なかなか肝の据《す》わった娘だ」

「気を悪くしたのなら、謝りますわ」

本来なら、誇りに思わなければいけないのでしょう。でもシオン様に関しては自分を護るための嘘でも吐きたくはありませんわ。自分の気持ちが濁る気がするのです。

「謝罪は不要だ。そこまで愛されているあやつは幸せ者よの。……セリアといったか、シオンのことをよろしく頼む。おそらく、シオンは竜の血を色濃く引いているはずだ。いや、正確に言えば、眠っていた竜の血が騒ぎ出したと言った方が正確だろう。それによって、いろいろな弊害が出てくると考えられる。頼む、支えてやってほしい」

「お願いします、セリアさん」

聖獣様と伴侶様に頼まれました。

なぜお母様が、私たちをこのダンジョンに連れてきたのかわかった気がします。

「お任せください。私はなにがあっても、シオン様の隣で笑ってますわ」

これが、私の嘘偽りのない気持ちです。頼まれなくても、シオン様の隣に居続けますわ。重いと言われても心から愛しています。

「竜族は番《つがい》を一番に考える。見てみろ」

満足げな笑みを浮かべながら、聖獣様は片手を上げます。

すると、湖の様子が目の前に映し出されました。

「なっ!!　シオン様!!」

魔物に取り囲まれた時でも悲鳴を上げたことはありません。だけどこの時ばかりは、悲鳴を上げずにいられませんでした。だって!!　そこに映し出されていたのは血塗れのシオン様だったから。

全身の血が沸騰する感覚はこういうことをいうんですね。相手が聖獣様とわかっていながらも、攻撃をせずにはいられませんでした。

攻撃は簡単に塞がれ、そのまま倍になって自分に返ってきました。とっさに魔防壁を張り堪えますが、堪え切れずに吹き飛ばされ、背中を激しく強打。ゴキッと嫌な音がしました。

骨が折れた……

脇腹に激痛が走り、折れたのは肋骨だとわかります。息をするだけでズキズキと鋭い痛みが全身に走りますが、幸いにも肺には刺さっていません。

そんな状態でも立ち上がります。軽く治癒魔法をかけて痛みを緩和して。あまり治癒に魔力を削られたくありませんからね。

さらに、攻撃を仕掛けようと踏み出した時でした。

「早まるな。我が攻撃したわけではない。あれは自傷だ」

自傷……？　なにを言ってるの？

「……どういうことです？」

睨《にら》み付けたまま尋ねます。臨戦態勢は解きません。

「セリアを連れていく時に我が言っただろう。『暴れて周囲を荒らしたら、二度と番《つがい》は帰らぬと思え』と。あやつは、番《つがい》を取り戻したい衝動と目の前で連れていかれた自分に対しての怒りで、己の体を自傷して耐えているのだ。我が周囲を荒らすなと言ったからな」

そう聖獣様が説明する間も、シオン様は自分の体を傷付けています。聖獣様の言う通りでした。

私は転移魔法を発動しましたが、阻害されているのか魔法陣はすぐに消えてしまいました。

「………やめて……もうやめて……お願いだから………死んでしまう……」

シオン様の元に駆けつけられず、私の目からボロボロと涙が溢《あふ》れてきます。私の声はシオン様には届きません。それでも言い続けます。

「死にはせぬ。よく見てみろ。あれほどの血が流れていて、あやつは平気でいるぞ」

「えっ……」

シオン様の全身を真っ赤に染めるだけの出血量、さすがの彼でも意識を保つことは難しいはず。

「これが竜族の血だ。大概の怪我ならすぐに治る。毒も呪いも効かぬ。まぁそれだけなら誤魔化しようがあるが、その性質まで先祖返りしてしまったようだな。……竜族は番《つがい》をなによりも優先する。言い換えれば、番《つがい》が全てだ。番《つがい》の行動によって簡単に狂うだろう。もし、シオンより先にセリア、お前が亡くなったら、間違いなくあやつは正気を保てぬだろうな。我も伴侶が先に亡くなったらそうだろう。そして周囲を破壊しつくす。……そんな顔をするな。そのために我はここに居を構えているのだ」

ここは聖獣様にとって優しく温かい牢獄であり、そして同時に、その牢獄の看守がお母様なのだと知りました。

看守という役割が、ただのダンジョンマスターではなく、狂った時、自分を殺す処刑人を兼ねているのです。

自分の友にそれを頼み、それを受け入れたお母様の心情を考えると、胸が苦しくなります。

竜という悲しく美しい聖獣を思い涙を流す私に、聖獣様は優しい声で語りかけます。

「まだまだ先だがな。……セリア。どうか、シオンを支えてほしい。護ってほしい」

聖獣様はいつの間にか側に立っていました。

「私からもお願い。セリアちゃん、どうかあの子を護ってあげて」

伴侶様は私の両手を自分の手で包み込み、涙を流しながら嘆願します。

聖獣様と伴侶様、二人ともシオン様を大切に思っていることが伝わってきます。

「はい、お任せください。お祖父様、お祖母様、私は幸せですわ。そして私の幸せはシオン様の幸せに繋《つな》がるのです」

聖獣様と伴侶様は、私がお祖父様とお祖母様と呼んだことに驚き目を見開きましたが、怒ることなく、嬉しそうに照れくさそうに微笑んでいます。

「礼を言う。セリア」

「ありがとう。セリアちゃん」

次にここを訪ねる時は、二人で揃《そろ》ってこようと心から思いました。


戦いにおいて鬼神とも呼ばれ恐れられたシオン様が、迷子の幼子のように、縋《すが》るように私を抱き寄せ抱き締めます。その体は小刻みに震えていました。

聖獣様の言葉が頭をよぎります。

番《つがい》が自分の全て――

その意味があらためて身に沁みてわかりましたわ。私の存在が、シオン様をここまで駄目にするなんて。普通の神経なら、自分の体を何回も刺したりはできませんよね。とてもとても重い愛ですわ。愛を通り越して執着といった方がいいかもしれませんわね。

それが、竜の血の呪いなのでしょう。

でも私はその重い愛が、執着が、とてもとても愛しい。私に縋《すが》りつくシオン様を可愛いとさえ思います。たとえ二十七歳年上の男性であっても。私も十分異常ですわね。苦笑が漏れます。

私の体が少し揺れたのでしょう。シオン様が心配そうに私の顔を見上げています。その目は揺れていました。

「ちゃんと帰ってきましたよ、シオン様。私の帰る場所はシオン様がいる所です。今までも、これから先も」

竜の呪いに感化されたのか、元々異常だったのかわかりません。ですがそれは、卵が先か鶏が先かぐらいどうでもいいと思えるのです。

「…………本当か？」

「本当ですわ」

ジッとシオン様が私を見つめています。

「セリア……」

「シオン様……」

自然と近付く私とシオン様の顔。

ここから先はお約束の展開ですよね。婚姻前で野外ですし、お祖父様とお祖母様が出歯亀している可能性がありますから、愛し合う行為は控えました。もちろん、その行為にいき着くようなこともしませんでしたわ。シオン様は歯ぎしりしていましたけど。

さすがに、私もシオン様が可哀想になりましたわ。なので、少し離れようとしたら、咎《とが》めるような視線を向け抱き締める腕に力が入ります。

「さっき言ったのは嘘か？」

険しい声で訊《き》いてきます。その声も最高に素敵です。

「嘘ではありませんが……その…………辛くはありませんか？」

なにを言わせるのです。顔が熱くなりますわ。

「辛いが構わない。セリアの体温を感じられない方が辛い」

あんなことがあった直後です。シオン様が落ち着き安心するなら、私はこの身を貴方に任せましょう。素直に甘えます。私もシオン様に触れたかったのだから。

「今日はここで一晩過ごしますか？」

私はシオン様に微笑みかけながら提案しました。もちろん、返ってきた答えは決まっています。

シオン様の胸に顔を埋め、体温と匂いに酔いしれ、一晩、ずっと引っ付いていました。お花摘み以外はね。そこまでついてこようとしましたが、尊厳に関わる問題です。断固として拒否しましたわ。

竜の血恐るべし。

翌朝、私はシオン様の頭上でずっと怒鳴っています。

「シオン様、いい加減、下ろしてください!!」

これは、なんの羞恥プレイですか!!

怒鳴って当然ですわ。さすがに子供抱っこをされたまま、お祖父様とお祖母様に会うのは恥ずかしいです。なのに、シオン様は一向に私を下ろしてくれません。聞こえているのに完全無視ですわ。

まったくもう!!　お祖父様に対して意固地になっているというか、警戒しているっていうか……困ったものですわ。

昨日、お祖父様に攫《さら》われましたが、その理由はきちんと話しましたよね。驚きながらも納得してくれたじゃないですか。だからこそ、今一緒にお祖父様とお祖母様に会いにくる決意をしたんですよね。

十三階層にはお祖父様の屋敷からしか行けませんから、どのみち会うのだけどもう、これ以上は耐え切れません。力ずくで下りようとした時でした。お祖父様が口を開きます。

「これが竜の血だ。諦めよ、セリア。それに、こうやって対面できるのも、シオンがかなり折れてくれたからだ。シオン、お前の大事な番《つがい》を勝手に攫《さら》ったことを心から詫びよう」

今なお、聖獣と呼ばれる方が謝罪の言葉を口にします。

これには正直驚きましたわ。だって、偉い人ほど謝りたがらない生き物ですもの。

それはシオン様も同様だったようで、私の膝を抱えている手に力が入るのを感じ取りました。シオン様なりに緊張しているのか、戸惑っているのか、たぶん両方でしょうね。

ところでシオン様、ここまでされてだんまりはいけませんわ。髪の毛を引っぱって抗議しようとした時です。

「…………謝罪を受け入れよう」

シオン様は低い声ではっきりとそう仰《おっしゃ》いました。

ただ受け入れただけです。ぶっきらぼうで、飾り気のない台詞《せりふ》です。

しかし、お祖父様とお祖母様には、どんな飾りがついた言葉よりも胸を打つ台詞《せりふ》だったようです。

良かったですわね、お祖父様、お祖母様。嬉しそうな二人を見て、心がじんわりと温かくなりましたわ。

「二人とも、十三階層にいくのだろう?」

優しい目をしてお祖父様は尋ねます。

「はい」

シオン様の代わりに私が答えます。

「なら、行っといで。あの子も喜ぶだろう」

お祖父様の優しい声に反応するように、私たちの足元が光りだします。転移の魔法陣です。

今、あの子って言いました?

お祖父様の言葉に、引っかかりを感じましたが、強制的に転移させられたので問い返すことは叶いませんでした。

もしかして……一瞬、頭にある考えがよぎります。それが正しいか間違いかわかりません。どちらにせよ、今はっきりと言えるのは、答えは十三階層にあるということだけです。


第十三階層。

目の前に広がるのは、色とりどりの花が咲き乱れる花畑。風が吹くと花びらが風で舞い上がります。

赤い花、白い花、黄色い花、桃色の花。さまざまな色の花、春夏秋冬に咲く花々。季節なんて存在しない、不思議な空間でした。綺麗すぎて先に進むのをためらうほどです。

「……圧巻ですわね。まさか十三階層が花畑とは思いもしませんでしたわ」

こんなダンジョン、見たことがありません。

「十一階層までは、まだダンジョンと言えたけどな」

「確かにそうですわね」

笑いながら答えます。自然に笑みが出ました。

「……シオン様、どうかしましたか？　そんな呆《ほう》けた顔をして」

今まで何度も見てるじゃないですか。私の笑顔なんて。

「いや……あまりにも………」

どうして、顔を逸らすんです。ちゃんと視線を合わせてくださいよ。

一歩近付いて、シオン様の顔を覗《のぞ》き込みながら尋ねます。

「あまりにも、なんです？」

さっさと白状してください。

「……可愛すぎて見惚れた」

なっ!?　予想外の答えに驚きましたわ。

瞬時に顔が赤くなります。よく見れば、シオン様の頬も耳も赤いですわ。厳《いか》つい体の大人の男性が照れる姿を見て、可愛いと思うのはきっと私だけですね。

「ここは、ありがとうございますって言うべきですね。シオン様」

真っ赤な顔でそう言う私を見て、シオン様の顔がますます赤くなります。

「本当に、可愛すぎる……」

シオン様が呟《つぶや》きます。

でもここにいるのは、私とシオン様だけですよ。はっきりと聞こえましたわ。恥ずかしすぎて、どう反応したらいいかわかりません。思わずそっぽを向いてしまいましたわ。

花畑の中を歩くのはためらいましたが、一本道の先に見える大樹に向かって細い道が伸びています。おそらく、あの大樹の先がこの階層の行き止まりでしょう。

そっぽを向いたまま歩く私の後ろを、シオン様が続きます。

「ほんと、可愛い」

まだ言いますか。嬉しいんですが、言いすぎですわ。

前からですが、改めて思います。

シオン様といると、私は年相応の小娘に戻れます。笑みも意図的に出すのじゃなくて、自然にこぼれるのです。顔を赤くするのも、照れてそっぽを向くのも、普段の私なら考えられない行動ですわ。シオン様の前だからできるのです。

「項《うなじ》まで真っ赤だな」

まだ言いますか。あっ⁉　これが、以前リーファが言ってた言葉責めですか‼

「もう、しつこいですわ‼」

耐え切れなくて、後ろを振り返り、シオン様に猛抗議します。そんな私を、シオン様は嬉しそうに見つめていました。自分でも説得力がないと思いますが、これでも怒ってるんですよ。

「まだまだ言い足りないくらいだ」

「なっ⁉」

真正面からそう言われて、どう反応したらいいんですか？　正解ってあるんですか？　少なくとも、固まるのは正解じゃないような気がします。

なおも続きます。

「反応に困ってるセリアも新鮮でいいな。照れているセリアも可愛い。愛しい」

以前と比べて、甘々度が二段階アップしているように感じるんですが……これも、竜の血の影響ですか？　だったらこれからも、シオン様の甘々攻撃は続くのでしょうか？　だとしたら、私の心臓が持ちませんわ。悶《もだ》え死ぬのも近いような気がします。

竜の血恐るべし。

大樹の林を抜けると広がるのは白い花畑でした。さっきまでとは違い、同じ花が一面咲き誇っています。その中央に巨大な岩が鎮座していました。

風が運んできた花びらが、私とシオン様を出迎えてくれます。本当に、ここはダンジョン内ですか？　まぁ綺麗だからいいですけど。掌《てのひら》を平らにすると花びらが舞い降ります。その花びらに見覚えがありました。

「……セリア？」

「この花って……天竜花？」

シオン様の問いかけを無視し、私はしゃがんで足元に咲いている花を一輪摘みます。見れば見るほど、図鑑で見たあの花と似ています。でもありえません。あの花はすでに絶滅しているのだから。

でも、まさかもあります。だってここは聖獣様が住んでいて、黒炎の魔女と呼ばれるお母様がダンジョンマスターをしているダンジョン内です、常識なんて皆無ですわ。

さっそく、【鑑定】してみます。こういう時、このスキルは役に立ちますわ。

間違いありません。やっぱりこの花は天竜花です。

――天竜花。

昔から貴重で、空気が綺麗な高地でしか自生しなかったと記されていたのを記憶しています。ただの花ならば、こんなにはっきりと覚えてはいません。

この花には秘密があるのです。

それはなんと、伝説の秘薬、エリクサーを作成する材料の一つなんです。

あらゆる怪我と病を治し、呪いや状態異常も無効化する上、体力と魔力を最大値まで戻すと言われている、伝説のポーションです。この大陸ではもはや存在しません。精製法を知っていても、材料が揃《そろ》わなければ作れませんから。数ある材料の中で、唯一手に入れられなかった材料の一つ、天竜花が目の前にあるのです。興奮するのは当たり前ですわ。

さっそく、摘もうと手を伸ばした時でした。

突風が私とシオン様を襲います。摘もうとした手が止まりました。無数の花びらが私たちに降り注ぎます。

「どうか、その花を摘まないでください」

幼い子供特有の高い声がしました。

突風がやみ、無数の花びらの先で見たのは一人の子供でした。

天使のように可愛らしい子供です。肩まで伸ばした金色の髪に金色の瞳。お祖父様と同じ髪と瞳の色をしています。たぶん男の子ですね。

「お願いします。その花を摘まないでください」

黙ったままの私に対し、天使君は同じ台詞《せりふ》を繰り返します。

切実に訴える天使君に、彼が誰でどこから来たのかを尋ねるよりも先に、天竜花について尋ねていました。

「このお花は、貴方にとって大切なものなのかしら？」

考えるより先に口が動いたからです。

「はい。僕の大切な人が愛した花なのです」

天使君ははっきりとそう答えました。

私は天使君の顔をジッと見つめます。天使君も見つめ返してきました。嘘を吐いてるようには見えません。仕方ありませんわ。小さく溜め息を吐くと、私は腰を上げました。

「そう、わかりましたわ。摘むのはやめにします」

天使君は驚いた様子で私を見ています。

シオン様は良い子とばかりに、私の頭をポンポンとしてくれます。

子供扱いに少し不満ですが、気持ちいいのでこの場は好きにさせてあげましょう。

「いいのですか⁉」

そんな私たちに、なぜか、眩《まぶ》しそうな懐かしそうな目をして尋ねます。

おかしなことを訊《き》いてきますね。

「そうしてほしいのでしょ」

「はい」

だったらいいではありませんか。

「それで、貴方の大切な人はどこにいるのですか？」

そう尋ねると、天使君は指差します。

「あそこにいます」

指差した先にあるのは、巨大な岩でした。少し距離があるのに、巨大だとわかるほどの岩。その大岩は白い花畑の中央にあり、まるで鎮座しているように見えました。

私とシオン様はなかば誘われるように歩き出しました。そして、私たちの少し前を歩く天使君。

風が吹く度に舞い上がった白い花びらが、風がやむと私たちの上に降ってきます。

その様はまるで雪のようでとても綺麗な光景。だけど、どこか寂しく感じてしまう。

少し感傷的になったせいか、特に話すことなくゆっくりと歩きます。すぐに大岩の前に到着しました。改めて近くで見てその大岩の大きさに、そして一枚岩だったことに驚きました。でも、それ以上に驚いたのは……これ、岩なの？

確かに大岩には違いありません。しかしただの大岩ではなく、なにかの彫刻のように見えます。

「おっ!?」

私の隣で同じように驚いていたはずのシオン様。タイミングがズレた声に、私は大岩からシオン様に視線を移します。

シオン様が持っていた鞘《さや》が金色の光を放っていたのです。

さすがに驚きますよね。私も驚きましたわ。その光に呼応するように、大岩の中央部分も光っていました。

自然とそちらに足を向ける私とシオン様。そして、気付いたのです。

この大岩がなんなのかを——

彫刻のように見えたのは間違いではなかったようです。あんまりにも近すぎて、その大岩がなんの彫刻かわかりませんでしたが、さすがにその顔を見れば馬鹿でもわかりますわ。だって先日、私はその姿を間近で見ましたもの。

そう、この大岩は竜でした。

竜は大事そうに、一人の女性と剣を抱えるように丸まって目を閉じていました。

竜そのものが岩になったと言われても納得できるほど、細部まで丁寧に彫られています。

「……眠っているようね」

幸せそうに。

「貴女にはそう見えますか？　実際は死んでいます」

天使君は岩に触れながら答えます。

「この大岩が、竜だったかのような言い方だな」

答えたのはシオン様です。

「そうだと言ったら、君はどう思う？」

天使君の雰囲気がガラリと変わりました、口調さえも。

「特に驚かないな」

気にも留めずにシオン様は答えます。

私は黙って二人のやり取りを聞いていました。

「さすが、あの魔女が寄越した者たちだな。肝が据《す》わってる」

やはり天使君も、お母様の知り合いだったようですね。

おそらく、抱いている女性はこの竜の番《つがい》でしょう。女性と一緒に抱いているこの大剣は、間違いなく【竜王の剣】ですね。ということは、必然的にこの竜は竜王ということになりますわね。

「それは違う。この竜は竜王ではない。生粋の竜じゃないからな。竜人だ。たまたま、この大剣が竜王の剣と呼ばれたから、そう思われているようだが」

天使君もお祖父様と同じで心の声を普通に聞いてますね。

竜人と一括りにいっても、血の濃さによって変わるのかしら。シオン様は竜に変化するほど濃いとは思えません。変化した姿を見てみたい気もしますが。

「本当に動じないね」

特に表情を変えない私とシオン様を見て、天使君は苦笑しています。

「いや、これでも十分驚いてるな」

「私も驚いてますよ」

「まったくそう見えないけど」

「そうか」

「そうですか」

私たちの答えに、天使君の笑みが深まります。

「それで、剣を抜きにきたのかい？」

えっ!?　抜けるのですか？

「鞘《さや》を収めにきた。そのまま置く方がいいのか？　それとも、抜いてから戻せばいいのか？」

シオン様は至極当たり前のことを尋ねているのに、天使君はなぜか大きな溜め息を吐きました。

「まったく、あの魔女は。シオンといったな、この大剣を抜く意味を知っているのか？　なにも聞かされないでここまで来たな。……娘可愛さも罪だな」

聞き捨てならない台詞《せりふ》ですね。

「どういう意味です？」

「言葉通りだ。娘可愛さに、シオンを誘導し騙《だま》して人の枠から外させようとしているだろ」

なにを言ってるの、この見た目天使君は。

「お母様はそんなことしません」

「俺も同意見だな。アイツはそんなことはしない」

間髪入れずに否定する私とシオン様。

被害者だと思っていたシオン様の台詞《せりふ》に、天使君は驚いたようです。

「どうしてそう言える？」

天使君は不機嫌そうに尋ねてきました。まさか、同時に否定されるとは思わなかったのでしょう。

「お母様が最も嫌いなことだからですわ」

「嫌いなこと？」

私がそう答えると、シオン様が繋《つな》げます。

「セイラは選択肢のない未来、強制された未来を一番に嫌うからな」

友人歴が長いだけありますね。お母様をよくわかってらっしゃいます。

「…………」

「確かに、世の中には定められた未来、運命があると思いますわ。抗っても、抗っても、回避ができない未来が。でも……その未来しかなかったとしても、自分で選択して納得したことなら受け入れることができます。しかし、お母様は違う。貴方もお母様の古くからの友人なら知っているでしょう。お母様がこの世界に来た経緯を」

「だとしても、否定する理由にはならない」

「確かにそうですね。理由としては弱いですわ。でも確信はありますよ。そうでしょ、シオン様」

私は笑みを浮かべたままシオン様に振ります。

「ああ。それは、君だ」

その通りですわ。

「俺……？」

天使君にとって、シオン様の台詞《せりふ》は予想外のようです。鳩が豆鉄砲をくらったかのような顔。

ちょっと楽しくなってきましたね。

「ええ、貴方です」

私も言い切りましたわ。一息吐いてから続けます。

「私には多大な魔力があります。多大な魔力は老化を防ぐ。なぜ老化を防ぐのか、諸説ありますが、はっきりとはわかっていません。ゆえに、私も長く生きることになるでしょう。いつ成長が止まるかはわかりませんが、できれば大人になってから止まってほしいですわ。これぱかりは、どうにもなりませんよね。……シオン様と私の年齢差は二十七歳。私に魔力がなかったとしても、一緒にいられる時間は普通の夫婦より短いでしょう。でも一緒に年をとることができます。だけど……」

そこまで言った時、シオン様が優しく肩を抱き寄せてくれました。それだけで心が温まります。

不安な気持ちは変わりません、それでも勇気が持てるのです。

「だったら、なおさら……」

天使君の言いたいことはわかりますわ。

そんな私を不憫《ふびん》に思って、お母様はシオン様の寿命を少しでも延ばそうと考えた。

「そうでしょうね。その思惑は十分あったと思いますよ」

「言っていることが矛盾してないか」

眉間に皺《しわ》を寄せても天使君の魅力は損なわれません。可愛さは正義とはまさにこのことですわね。

「どこがです？　言ったではありませんか、自分が選択した未来ならば構わないと」

ますます、天使君の眉間の皺《しわ》が深くなります。

「お母様はシオン様の寿命を延ばすために、私とシオン様をこのダンジョンに連れてきた。私のことだけを思うのなら、なぜ、直接十三階層に連れてこなかったのですか？　ダンジョンマスターなら簡単にできるはず。そもそも、貴方に会わせたり、シオン様に竜王の鞘《さや》を渡すなど、まどろっこしいことをする必要はありませんでしたよね。聖獣様と伴侶様に出会ったこともそうです」

「…………」

笑みを浮かべながらそう言う私に、天使君はなんとも言えない表情をしています。

「お母様は私のことを思い道を示しました。お母様がしたのはただそれだけです。あとは私たちで決めろってことですね。ほんとに、身勝手な人ですわ」

もう苦笑しか出ません。斜め上の愛情にいつも戸惑います。

でも……考える時間を持てたことはよかったと心底思います。それは私だけじゃないでしょう。

「……ほんとに、アイツは……それで、どうする？」

天使君も苦笑しながら訊《き》いてきます。しかしその目は、真剣で鋭いものでした。

「答えはとうに決まっている」

肩を抱き寄せるシオン様の手に力が入ります。

シオン様の手に自分の手を重ねながら、私は静かに待ちます。私はシオン様の答えを尊重したい。

鞘《さや》をそのまま天使君に渡し人としての時を生きるか、竜王の剣を引き抜き竜人として悠久の時を生きるか。二つに一つしかありません。

正直いえば、どちらでも構わないのです。シオン様自身が幸せなら。

結果、私と一緒に暮らす時間が短くなってもいいのです。私の成長が止まっても、歳をとっていくように見せることもできます。周囲が騒がしくなったら、表舞台から下がっても全然構いません。

人はそれを覚悟の上の決断というかもしれませんね。

だけど、私にそんな覚悟などありませんよ。そもそもはなから、覚悟なんてしていません。だって、覚悟する必要がどこにあるんですか？　私はシオン様と一緒にいるだけで幸せなんです、寄り添えるだけでね。

そんな私でも、怖いものはあります。

ずっと寄り添っていたシオン様の体温と匂いを失ってしまうことです。

シオン様が下す選択を大事にしたい。

でもそれが、シオン様が自分の幸せでなく、私を思って選んだとしたら反対するでしょう。いかなる手を使っても、シオン様から鞘《さや》を奪うつもりです。私は目を閉じ俯《うつむ》きます。

「……その答えを聞かせてもらおう」

天使君は静かに尋ねました。

「俺はセリアと共に、長く生きる道を選ぶ」

シオン様は竜王の剣を引き抜き、人であることを捨てる決意をしたのです。

つまり、人外になると宣言したのです。

「それはセリア、君の運命の番《つがい》のためか？」

天使君の質問に、私の体はピクッと震えます。

お願いだから、私のためって言わないで!!

「セリアのため……と言えば格好いいのかもしれないが、俺は自分の幸せを最優先にする」

「シオン様……」

俯《うつむ》いていた顔が反射的に上がり、シオン様を見上げます。目が潤んでいるのが、自分でもわかりました。

そんな私を、シオン様は優しく愛しいものを見る目で見つめます。

「俺は、セリア、お前とずっと一緒にいたい。ずっと隣にいてほしい。ずっと、セリアの体温を感じていたい」

シオン様は嘘を吐いてるようにも私を気遣って言っているようにも見えませんでした。

そこにあるのは、シオン様の本心だけです。

「……本当に、私のためではありませんか？」

そう訊《き》かずにはいられませんでした。

「違う。セリアのためじゃない。俺の身勝手な我儘《わがまま》だ」

「後悔はしませんか？　人ではなくなるのですよ、わかっていますか？」

「わかっている。全てを了承した上で決めたことだ」

犠牲と言わないシオン様だから、私は惹かれるのです。信じられます。

「駄目か……」

シオン様が心配そうに尋ねてきます。

彼は私のことを常に真剣に想い考え、どんな時も無理強いしない。

「後悔しませんか？」

「するわけないだろ。自分で決めたことなんだぞ」

口元に笑みを浮かべながら、シオン様は断言します。

これ以上、私がなにを言えるのでしょうか。もう言葉が見付かりません。

「……セリア」

「こんな場面でも、貴方は私を心配するのですね……負けましたわ」

「いいのか？」

そう確認され、私は頷《うなず》きます。

「もう、私から逃げられませんよ」

「それは俺の台詞《せりふ》だ」

笑みを浮かべながら言う私に、シオン様は笑いながら返してくれました。

一歩一歩、シオン様は竜が抱く大剣に近付きます。足元には鞘《さや》。両手で柄《つか》を掴み握り込む。そして、雄叫びを上げながら、シオン様はためらうことなく【竜王の剣】を引き抜きました。特に抵抗もなしにスルスルと。

その直後、みるみるうちに竜の亡骸《なきがら》がゴツゴツしたものへと変わっていきます。

「……岩に変化した？」

私は呆然《ぼうぜん》と見ているしかありませんでした。

精工な彫刻のようだった竜の亡骸《なきがら》が普通の一枚の大岩へと変化しました。番《つがい》を抱き締めている部分は小さな瘤《こぶ》のようです。

「ああ、これが本来の姿だ」

天使君の声はとても穏やかでした。

「本来の姿？」

「竜は死ぬと肉体が岩へと変化する。だから、これが本来の姿だ。竜王の剣の魔力で亡骸《なきがら》を維持することができていたんだ」

気のせいじゃない、天使君の体が少し発光しているように見えます。

「剣は貴方の体の一部ですものね」

天使君は名乗りませんでしたが、話の端々で彼が何者か想像できましたわ。

おそらく天使君は岩になった竜人、それも精神体なのでしょう。残留思念というものに一番近いと思います。

そして白い花が好きだったのは、竜人の番様《つがい》。この花を咲かせ続けていたのは、竜王の剣の魔力。その魔力のお陰で天使君はこの場に留まり続けることができたのでしょう。だとしたら、天使君は……


「少し違うけどな。託すまでに時間がかかってしまったがやっと後継者が現れた。そんな顔をするな、これで良かったんだ。それにしても番《つがい》のために人を捨てるとはな。竜人らしくて笑える」

そう話している間も、天使君の体は薄くなっていきます。

「……やっと、眠れるのですね」

「ん？　なんか勘違いしていないか？　俺は岩になったやつじゃない。俺は――」

「えっ!?　シオン様!!」

天使君の言葉を、私の悲鳴が遮ります。

いきなり、シオン様が私の目の前で崩れるように倒れたのです。

私は震える手でシオン様を仰向けにして確認します。脈は微弱、呼吸も浅いけどしています。まるで、深い眠りについたようでした。

この剣のせい？

シオン様から剣を離そうとしても、しっかりと握っているので離せません。

……シオン様を失うの？

身体の震えが止まらない。どこか休める場所までシオン様を運ばないと。転移魔法を使おうとする私に天使君が待ったをかけてきました。

「大丈夫、セリア。シオンは眠っているだけだ。体を作り変えてるんだ、その負荷は計り知れない。だから、それを緩和するためにその間は眠り続ける」

負荷……？　作り変えてる………？

「いくら竜人の血を引いていても、今のシオンは人間に等しい。それを竜人へと変えるんだ。当然だろう。まぁ、僕を引き抜けたんだから大丈夫だ」

安心させるように、天使君は微笑みながら教えてくれました。

天使君が何者か気にする余裕なんてどこにもありません。私が知りたいのはただ一つだけです。

「……いつ、目が覚めるのですか？」

それだけです。

「それは、僕にもわからない。明日なのか、一年後なのか。シオン次第だ」

天使君が告げた台詞《せりふ》は、私にとって死刑宣告と同じでした。

どこかの書物で読んだことがあります。精神に負荷がかかりすぎると目の前が真っ暗になる、なにも聞こえなくなると。まさに今、私はその状態でした。なにもかもを遮断した感じです。だから、右肩が温かいのも感じませんでした。天使君とあと一人が私に話しかける声も聞こえませんでした。

ただ……シオン様の近くにいたくて、その傍らで私も目を閉じます。

私は貴方の側にいつまでもいると決めたのですから。

エピローグ　目覚めぬ貴方の傍らで

休暇が終わってから、私の周囲はガラリと変わりました。

正式に拝命したわけではありませんが、我が皇国の属国となった元グリフィード王国の領主を私が務めることになり、毎日が多忙です。お父様が優秀な文官と騎士を送ってくださったので、なんとか領主と学生との二重生活が送れていますわ。

「今日の分はこれで終わりですね」

書類の束を揃《そろ》えながら尋ねます。これまで仕事の場が学園でしたが、今は元王宮に移しました。

側近たちも私を真摯《しんし》に支えてくれます。

ほんとに、私は幸せ者ですわ。でも……

そこまで考えると、キュッと唇を噛み締めてこれ以上考えないようにします。

もう、これが癖になってしまいましたね。

「はい。これで本日の分は終わりです」

スミスが受け取りながら答えます。

「明日の予定は？」

「朝一に砦《とりで》を訪問。そのまま、魔物討伐になっております」

「この時期の魔物はいつにもまして凶暴凶悪化していますから、同行するメンバーは熟練者を揃《そろ》えるように」

「畏《かしこ》まりました」

「お願いしますね。スミス、いつもありがとう」

彼らが私を支えてくれているから、私は我儘《わがまま》を押し通せているのです。

「主を支えるのは、家臣として当然のことです」

いつも表情の変わらないスミスですが、この時の彼の目はとても正直でした。

スミスが心配しているのはわかります。

私自身もかなり無理をしているのはわかってますわ。何度も休むように進言されましたもの。

でも立ち止まれなかった。

一度立ち止まってしまうと、悪い考えに呑み込まれそうになってしまうから。

立ち止まりそうになる時、私の背中が温かくなるの。不思議ですね。

貴方は私の隣に今はいないのに。

恋人として付き合いだしてから日は浅いのに、貴方の温かみはしっかりと覚えています。声も体温も匂いも些細《ささい》な仕草も私は覚えています。

だから、私は今を生きていける。

「ありがとう」

再度感謝の気持ちを口にしてから、私はシオン様の元に飛びました。

向かった先は聖獣様《お祖父様》と伴侶様《お祖母様》の屋敷ですわ。

半年前――

シオン様が決断されて眠りについたあの日から、彼はこの屋敷にいます。

ここなら絶対安全ですし、シオン様になにかあった時は迅速に対応ができますからね。

私も安心して離れていられますし。

用意されている食事を済ませ、風呂に入った後、私はシオン様のベッドに入り、今日一日あったことを話します。

もちろん答えてはくれません。

前みたいに笑ってもくれません。

でも、話し続けます。だって、寝てばかりだと退屈でしょ。

それに、シオン様は今一人で戦っているんです。

最愛の番《つがい》である私が応援しなくて、誰が応援するのです。

だから、毎日、毎日、私は貴方の元に通います。

ほんとはずっと側にいたいのですが、仕事を放棄するわけにはいきませんものね。

シオン様に怒られてしまいますわ。

起きた時に、また頭をポンポンとしてほしいのです。

「……シオン様、今日、ダンスの練習をしましたの。デビュタントが控えていますからね。シオン様、デビュタントを私一人で参加させるつもりですか。約束しましたよね、三回踊るって。皆に見

せ付けてやるって言いましたよね。早く目を覚ましてください……愛してます、シオン様」

シオン様の胸元に耳を寄せ心臓の音を聞きながら、私は最後に同じ言葉を告げて眠りにつきます。

眠りに落ちる直前、「俺もだ」と耳元で囁《ささや》く声が聞こえました。

髪の毛に触れる温かみも感じました。

――これが、今の私の日課です。

新 * 感 * 覚　ファンタジー！

Regina レジーナブックス

マンガ世界の
悪辣継母キャラに転生!?

継母の心得1～3

トール
イラスト：ノズ

病気でこの世を去ることになった山崎美咲。ところが目を覚ますと、生前読んでいたマンガの世界に転生していた。しかも、幼少期の主人公を虐待する悪辣な継母キャラとして……。とにかく虐めないようにしようと決意して対面した継子は――めちゃくちゃ可愛いんですけどー!!　ついつい前世の知識を駆使して子育てに奮闘しているうちに、超絶冷たかった旦那様の態度も変わってきて……

詳しくは公式サイトにてご確認ください。
https://www.regina-books.com/

携帯サイトはこちらから！

RC Regina COMICS
最後にひとつだけお願いしてもよろしいでしょうか
原作 鳳ナナ
漫画 ほおのきソラ
1～8
アルファポリスWebサイトにて
好評連載中!
最後にひとつだけお願いしてもよろしいでしょうか 8
原作 鳳ナナ
漫画 ほおのきソラ
飛竜レックスを救うため
アルフレイム達と
再び共闘!!!?
"武闘派"悪役令嬢ファンタジー
特別番外編収録!!
アルファポリス
123万部突破!!!!
シリーズ累計123万部(電子含む)
大好評発売中!
舞踏会の最中に、第二王子カイルから、いきなり婚約破棄を告げられたスカーレット。さらには、あらぬ罪を着せられて"悪役令嬢"呼ばわりされ、大勢の貴族達から糾弾される羽目に。今までずっと我慢してきたけれど、おバカなカイルに付き合うのは、もう限界! アタマに来たスカーレットは、あるお願いを口にする。――『最後に、貴方達をブッ飛ばしてもよろしいですか?』
無料で読み放題
今すぐアクセス!
レジーナWebマンガ
B6判 / 各定価:748円(10%税込)

大好評発売中！

アルファポリスWebサイトにて好評連載中！

婚約者の第三王子が趣味で組んだ冒険者パーティに所属する少女・アニエス。ある日、彼女は水魔法しか使えないことを理由に、王子から突然の婚約破棄とパーティ追放を言い渡されてしまう。好きでもない王子から解放されたアニエスはこれ幸いと、野営中に出会った伝説級の妖狐・イナリと共に自由気ままな旅に出ることに。だけど、実はアニエスの水魔法はとんでもない能力を秘めていて——？

無料で読み放題
今すぐアクセス！
レジーナWebマンガ

B6判／各定価：748円（10％税込）

RC
Regina COMICS
大好評
発売中!!
メイドから母になりました
1〜11
原作 Seiya Yuzuki 夕月星夜
漫画 Asuka Tsukimoto 月本飛鳥
アルファポリスWebサイトにて
好評連載中!
メイドから母になりました 11
夕月星夜
月本飛鳥
転生して凄腕メイドになった元女子高生。
前世を乗り越えて
異世界で幸せになります!
シリーズ累計71万部突破!! 子育てファンタジー!
(電子含む)
シリーズ累計71万部突破!
子育てファンタジー!
異世界に転生した、元女子高生のリリー。
ときどき前世を思い出したりもするけれど、
今はあちこちの家に派遣される
メイドとして活躍している。
そんなある日、王宮魔法使いのレオナールから
突然の依頼が舞い込んだ。
なんでも、彼の義娘《むすめ》・ジルの
「母親役」になってほしいという内容で——?
B6判・各定価:748円(10%税込)
無料で読み放題
今すぐアクセス!
レジーナWebマンガ

転生先は盲目幼女でした
3
原作 丹辺るん
漫画 平一加
前世の記憶と魔法を頼りに生き延びます
神様に規格外の視界をもらった幼女、
新たな仲間はもふもふ宝獣!?
アルファポリス

この作品に対する皆様のご意見・ご感想をお待ちしております。
おハガキ・お手紙は以下の宛先にお送りください。

【宛先】
〒150-6008 東京都渋谷区恵比寿 4-20-3 恵比寿ガーデンプレイスタワー 8F
（株）アルファポリス　書籍感想係

メールフォームでのご意見・ご感想は右のＱＲコードから、
あるいは以下のワードで検索をかけてください。

アルファポリス　書籍の感想　検索

ご感想はこちらから

本書は、「アルファポリス」（https://www.alphapolis.co.jp/）に掲載されていたものを、
改稿、加筆のうえ、書籍化したものです。

婚約破棄《こんやくはき》ですか。別《べつ》に構《かま》いませんよ2

井藤美樹（いとう みき）

2023年 12月 31日初版発行

編集－桐田千帆・森 順子
編集長－倉持真理
発行者－梶本雄介
発行所－株式会社アルファポリス
〒150-6008 東京都渋谷区恵比寿4-20-3 恵比寿ガーデンプレイスタワー8F
TEL 03-6277-1601（営業） 03-6277-1602（編集）
URL https://www.alphapolis.co.jp/
発売元－株式会社星雲社（共同出版社・流通責任出版社）
〒112-0005 東京都文京区水道1-3-30
TEL 03-3868-3275
装丁・本文イラスト－文月路亜
装丁デザイン－AFTERGLOW
（レーベルフォーマットデザイン―ansyyqdesign）
印刷－図書印刷株式会社

価格はカバーに表示されてあります。
落丁乱丁の場合はアルファポリスまでご連絡ください。
送料は小社負担でお取り替えします。

ISBN978-4-434-33145-9 C0093